乔伊斯·卡罗尔·欧茨的传统与现代

The Tradition and Modernity of Joyce Carol Oates

高颖娜 著

燕山大学出版社
·秦皇岛·

图书在版编目（CIP）数据

乔伊斯·卡罗尔·欧茨的传统与现代 / 高颖娜著 .—秦皇岛：燕山大学出版社，2019.8

ISBN 978-7-81142-928-2

Ⅰ. ①乔… Ⅱ. ①高… Ⅲ. ①乔伊斯·卡罗尔·欧茨—小说创作—文学创作研究Ⅳ . ① I712.074

中国版本图书馆 CIP 数据核字（2019）第 180839 号

乔伊斯·卡罗尔·欧茨的传统与现代

高颖娜 著

出 版 人：陈　玉
责任编辑：宋梦潇　　策划编辑：杨春茹
责任印制：吴　波　　封面设计：刘　丹
出版发行：燕山大学出版社 YANSHAN UNIVERSITY PRESS　　电　　话：0335-8387555
地　　址：河北省秦皇岛市河北大街西段 438 号　　邮政编码：066004
印　　刷：涿州市般润文化传播有限公司　　经　　销：全国新华书店

开　　本：880 mm×1230 mm　1/32　　印　　张：6.75
版　　次：2019 年 8 月第 1 版　　印　　次：2019 年 8 月第 1 次印刷
书　　号：ISBN 978-7-81142-928-2　　字　　数：135 千字
定　　价：42.00 元

"A hundred years from now，they'll laugh at us for taking [Joyce] for granted."

Anne Tyler

***Invisible Writer* p.370**

100年之后，后辈们会因为我们视欧茨为理所当然而嘲笑我们。

——安·泰勒

《隐身作家》第370页

欧茨女士惊人的漂亮和苗条，有着一头乌亮的黑发和一双总在探寻着什么的大眼睛。她颇有魅力，然而却不上相，没有一张照片曾公正地反映出她的外貌，她的外貌传达出她的优雅和高度的聪慧。如果她的举止给人以冷傲的感觉——事实上，那是一种未被已经出版了32本书、3部戏剧、荣获国家图书奖这些成绩泯灭的羞怯。

——美国记者罗伯特·菲利普斯，1978年

前　言

乔伊斯·卡罗尔·欧茨（1938— ）是美国小说家、短篇故事家、剧作家、诗人、文学评论家和编辑、普林斯顿大学教授和美国文学与艺术学院院士，被誉为美国当代最杰出的“女文人”。从20世纪60年代登上文坛开始，欧茨的创作经历了40多年，跨越了整个20世纪后半期到21世纪的现在。欧茨的创作期正是西方文学从现实主义急速向现代主义、后现代主义发展，又向新现实主义回归的时期。在这个文学流派和创作方法风起云涌、瞬息万变的时代，欧茨在历史与现实、传统与变革之间达成了一种衔接与递进，成就了颇具个性的新的历史条件下的现实主义文学——心理现实主义。

本书共分为五章。第一章，欧茨创作的文化历史语境。这部分主要论述欧茨与文学传统的关系。从20世纪60年代到21世纪，美国社会发生了巨大的变化，这对一个现实主义作家的创作无疑产生了至关重要的影响。本章主要从历时的、动态的角度追溯美国社会从20世纪60年代到现在的历史和文化语境，试图从总体上阐述社会运动与文学思潮同欧茨小说创作之间的关系以及美国作家们对欧茨的影响。第二章，欧茨创作的传统意味——《他们》和《奇境》。20世纪60年代是欧茨创作道路上的第一个阶段，这一时期她的作品带有明显的19世纪现实主义的特点，其题材主要以作者青少年时代生活的家乡和早期工作的城市底特律为背景，对20世纪30年代到60年代美国社会的变迁，作了较为客观的反映和描绘。本章以结构主义先驱罗曼·雅各布森关于转喻和隐喻的理论为基础，分析欧茨小说《他们》和《奇境》的转喻艺术。第三章，欧茨创作的现代意味——《狐火：一个少女帮的自白》和《我带你去那儿》。20世纪70年代以后，欧茨小说中的现代主义特征越来越明显，特别是20世纪80年代以后，随着现代主义在文学上的影响越来越大，其作品也越来越多地充满着时代的气息，已经不能用“一个传统的现实主义作家”来定义欧茨。她不仅是一个颇具“现代派”精神的现实主义作家，更是一个富于变化的现实主义作家，在创作方法上叙述视角明显向内转，着力表现人物的真实心灵。这一章承接第二章，以《狐火：一个少女帮的自白》和《我带你去那儿》为例，分析欧茨小说的隐喻艺术，兼谈欧茨在创作方法上的实验性。第四章，传统与现代之间。置身于后现代主义的大潮中，欧茨并不是后现代主义文学的代表作家，但她不可避免地受到了各种后现代主义思潮的影响，一定程度上参与、开创或借鉴了后现代主义文学的写作新手法。从欧茨的作品中可以看到，她的创作经常采用现代主义和后现代主义的各种形式和技巧，但现实主义始终是其作品的主要基调，她游刃有余地游走在现实主义和现代主义之间，游走在“传统”和“现代”之间，并创造性地改变了某些文学传统和种类。本章以欧茨的哥特小说为例，分析她对传统哥特小说的超越和创新；同时通过对长篇小说《大瀑布》的分析探讨欧茨是如何在传统的超验主义之下透视现代人的内涵的。第五章，欧茨作品的“美国性”。美国民族特性既是传统的、封闭的，又是现代的、开放的，这一章从美学的角度探讨欧茨小说呈现的美国性。和以往的作家相比，欧茨的“美国性”建构有着独特的内涵。欧茨是生活在美国当代社会的白人女性作家，她通过描述美国当代社会的生活，借助广阔的城市意象，勾勒了身处当代社会的美国人对“美国梦”的追寻；同时，欧茨又从多元文化视角出发，表达了对犹太身份认同这一问题的深刻思考，从多个角度反衬出别具一格的“美国性”。

如果说，在此之前欧茨只是被当作一位传统的现实主义小说家而受到关注和称颂，那么现在称她是一位“现代意义上的现实主义者”似乎更加精确。欧茨的小说不仅具有传统写实的一面，更具有现代创新的一面。在她的小说中，“现代”与“传统”的完美结合充分展示了西方现实主义文学从传统走向现代的这个发展演变的过程。

目录

绪 论

美国著名作家约翰·厄普代克说："我们这个国家如果有一位杰出的女作家的话，那就是乔伊斯·卡罗尔·欧茨。"著名作家、文学评论家约翰·加纳认为："乔伊斯·卡罗尔·欧茨是当代最伟大的作家之一。"[1]

乔伊斯·卡罗尔·欧茨（Joyce Carol Oates，1938— ），美国当代著名的女作家，现任普林斯顿大学教授。她勤奋而多产，创作涉及小说、散文、诗歌、戏剧以及学术论文等多种体裁，都取得了不俗的成绩。特别是她的小说创作，成就最高，影响最大，并屡屡在国内外获奖。1970年以长篇小说代表作《他们》（*Them*，1969）

1. 乔伊斯·卡罗尔·欧茨著，李尧译：《中年》，北京：人民文学出版社，2003年，前言，第1页。

获得美国国家图书奖，《人间乐园》（*A Garden of Earthly De-lights*，1966）等5部小说曾得到图书奖提名奖，《黑水》（*Black Water*，1992）等3部作品曾获普利策小说奖提名，《大瀑布》（*The Falls*，2004）荣获2005年度法国费米娜奖。《我们是马尔瓦尼一家》（*We Were The Mulvaneys*，1996）于2001年成为"奥普拉读书俱乐部"（Oprah's Book Club）的推荐书目，这使得欧茨首次荣登《纽约时报》畅销书排行榜榜首。凭借多年来非凡的文学成就，欧茨至今已三度获得诺贝尔文学奖提名，被盛誉为"作家中的作家"，"自福克纳之后男女小说家中的第一位"。[1]

人民文学出版社2003年出版的由董衡巽主编的《美国文学简史》中有专门的一节介绍欧茨。书中引用美国坦普尔大学教授毛里斯·比伯的评论："她的小说表现出相当的多样化，从直接的自然主义到形式上的复杂实验。但是，使她的作品具有特色的是一种心理现实主义的特性，这是一种不同寻常的才能，能把叙述体小说中人物预感到凶兆的潜意识表现出来；此外，她用非常逼真的文笔把日常家庭生活描写得栩栩如生，而在这种生活的每个角落里，似乎都隐伏着一种暴力的威胁，欧茨却能在她的小说中把这种暴力的威胁表现得恰到好处。"[2]（当然，这种概括更适用于欧茨前期的作品，她后期的创作又表现出和

1.GREG J. Understanding Joyce Carol Oates. Columbia S.C.: University of South Carolina Press，1987，p.3.
2.董衡巽主编：《美国文学简史》，北京：人民文学出版社，2003年，第525页。

前期不同的若干特征。）事实上，欧茨一方面重视文学传统，主张艺术应该反映和描绘生活。另一方面，她又富于独创精神，在写作中不断探索各种技巧，进行自己的文学实验。因此，她的作品中既可以看出其受到巴尔扎克、司汤达、狄更斯、德莱塞和斯坦贝克等现实主义作家的影响，也有乔伊斯、福克纳、劳伦斯、卡夫卡等现代派作家的影响。此外，她还受到弗洛伊德、尼采、托马斯·曼、陀思妥耶夫斯基以及萨特等人的影响。这使她的作品呈现出相当的丰富性和复杂性，向读者和批评家提出了挑战。评论家们自20世纪60年代以来就对欧茨的创作风格、主题和人物形象进行了深入的探讨，也曾给她贴过各式各样的标签：自然主义、现实主义、浪漫主义、超现实主义、传统派、试验派、哥特派、女权主义、非女权主义等等，不一而足。欧茨如福克纳般的难以定义，其创作的复杂性也为研究者们提供了丰富的研究素材。

欧茨在美国文学史上的地位已经确立，各种版本的美国文学史教程对她进行了评介。除了前面提到的董衡巽的《美国文学简史》，还有张锦的《当代美国文学史纲》（辽宁教育出版社，1993），在第二章“当代美国小说”中详细介绍了欧茨，认为她是当代美国“最负盛名的一位严肃的妇女小说家”；杨仁敬的《20世纪美国文学史》（青岛出版社，1999），在第五章第四节中介绍的新一代女作家群，第一个就是欧茨，认为20世纪60年代以来在女作家中“欧茨是个最有名的多产作家”；黄铁池的《当代美国小说研究》（学林出版社，2000），在第二章第五节介绍了欧茨和她的获奖作品《他们》；刘海平、王守仁主编的《新编美国文学史（第四卷）》（上海外语教育出版社，2002），在第三章第三节“妇女作家”中，介绍了欧茨；毛信德著的《美国小说发展史》（浙江大学出版社，2004），在第十二章中，有专门的一节“‘心理现实主义小说’：乔伊斯·卡罗尔·欧茨”，对欧茨的创作进行了仔细的梳理。

近年来，随着欧茨获诺贝尔奖的呼声越来越高，她在文坛上的地位不断上升，在国内外的影响越来越大，拥有越来越多的读者和研究者。研究这样一位作家，对丰富美国文学的研究起着重要作用。

正是在这种背景之下，国内外学者对欧茨的小说创作展开了研究。自1963年发表处女作《北门畔》（又译《北门边》）开始，40年来欧茨的名字不断见诸报刊评论，例如美国权威的Gale公司出版的《当代文学批评》分别在第1，2，3，6，9，11，15，19，33，52，108，134和228卷中介绍了欧茨以及她的作品，用这么多篇幅的介绍在美国当代作家中是不多见的。这期间，也有不少关于欧茨的专门论著问世，可见评论界对她的关注极高。这些文章著述分别从作者、创作以及社会影响等多个角度研究了欧茨的文学成就。

（1）著作方面

第一，欧茨传记。

这方面的著作主要有1979年出版的Joanne V. Creighton的《乔伊斯·卡罗尔·欧茨》（*Joyce Carol Oates*）；1980年出版的Ellen G. Friedman的《乔伊斯·卡罗尔·欧茨》（*Joyce Carol Oates*）；以及Greg Johnson于1987年出版的《了解乔伊斯·卡罗尔·欧茨》（*Understanding Joyce Carol Oates*）和1998年出版的《隐身作家：乔伊斯·卡罗尔·欧茨传记》（*Invisible Writer*：*A Biography of Joyce Carol Oates*）。

第二，介绍欧茨的合集。

主要有1976年出版的Claire Joyce Rocco的《暴力的艺术》（*Flannery O' connor and Joyce Carol Oates*：*Violence as Art*）；2000年出版的Carl Rollyson的《著名美国小说家》（*Notable American Novelist*）；2002年出版的Daniel Morris的《卓越的现代主义：现代艺术中的当代美国作家》（*Remarkable Modernisms*：*Contemporary American Authors on Modern Art*）。

第三，关于欧茨小说的研究。

这一部分成果最为丰富。选取主要的列出：

Toward a higher consciousness：A study of the novels of Joyce Carol Oates/Alice Conkright Martin，1975；

The tragic vision of Joyce Carol Oates/Mary Kathryn Grant，1975；

The artistic vision，theory and practice of Joyce Carol Oates/Eileen Teper Bender，1977；

Joyce Carol Oates：Novels of the middle years/Joanne V.Creighton，1992；

Refusal and transgression in Joyce Carol Oates's fiction/Marilyn C. Wesley，1993；

Lavish self-divisions：The novels of Joyce Carol Oates/Brenda Daly，1996；

Critical reception of the short fiction by Joyce Carol Oates and Gabriele Wohmann/Sigrid Maye，1998；

Twentieth-century American women's fiction：A critical introduction/Guy Reynolds，1999；

Dark eyes on America：The novels of Joyce Carol Oates/Gavin Cologne-Brookes，2005.

（2）论文方面

几十年来，关于欧茨小说研究的论文不胜枚举。由于欧茨是因为获奖作品《他们》而获得声誉的，所以，早期的研究主要集中在以《他们》为中心的《奇境》四部曲上。随着欧茨创作的发展，越来越多的作品进入了研究者的视野。欧茨每一部作品的出版，都会有相应的论文出现。例如她近期的作品《黑水》和《大瀑布》。相关的研究文章有的从思想内容方面揭示其作品与美国社会的关系，有的从叙述的角度分析作品的表现方式，有的探讨她如何揭示美国人的心理，有的分析其作品的男性特征和女性特征，还有的讨论欧茨小说的暴力倾向，等等。总之，涉及的角度很广，分析得也十分深入。

我国翻译欧茨的作品始于1979年。1979年，上海译文出版社出版的《当代美国短篇小说集》中收录了欧茨获得1967年欧·亨利奖第一名的短篇小说《在冰山里》（李君维译）；《译林》1979年第1期刊登了吴克明翻译的《迷路的孩子》；1982年浙江人民出版社的《最新美国短篇小说选》收入了《翻译》（雨林译）；1983年中国社会科学出版社出版的《美国女作家短篇小说选》收入了《私生活》（梅绍武译）。之后，又有几篇短篇作品陆续被翻译过来。1989年，中国社会科学出版社首度推出欧茨的短篇小说集《爱的轮盘》（*The Wheel of Love and Other Stories*），这是中国大陆出版的第一部欧茨短篇小说集。

1980年，由宋兆霖、殷维本、张德中和任绍曾等翻译的《奇境》（*Wonderland*）由外国文学出版社（现更名为天天出版社）出版，从此拉开了欧茨长篇作品翻译的序幕。1982年，江苏人民出版社出版了李长兰翻译的欧茨代表作长篇小说《他们》。1996年，百花洲文艺出版社出版了欧茨的另一部长篇小说《光明天使》（*Angel of Light*）（谢德辉译）。这20年间，除了这3部长篇，翻译的重心都集中在欧茨的短篇小说上。

直到21世纪，欧茨的长篇小说才又受到重视，迎来了翻译的高潮期。2002年10月，译林出版社重印了长篇小说《奇境》；人民文学出版社于2003至2005年期间，每年推出一部欧茨的长篇力作：周小进翻译的《浮生如梦：玛丽莲·梦露文学写真》（*Blonde*：*A Novel*）；李尧翻译的《中年——浪漫之旅》（*Middle Age*：*A Romance*）；顾韶阳翻译的《我带你去那儿》（*I'll Take You There*）；百花洲文艺出版社于2006年再版了《光明天使》。此外，台北二鱼文化事业有限公司于 2004 年至 2007 年陆续推出了一系列欧茨长篇作品：《野兽》（*Beasts*），廖婉如译（2004）；《强暴：爱的故事》（*Rape*：*A Love Story*）（2005）；《性·性感》（*Sexy*），艾俐思译（2006）；《大嘴巴和丑女孩》（*Big Mouth and Ugly Girl*），廖婉如译（2007）。长江文艺出版社于2006年6月出版了欧茨文集五卷本，这是中国国内首次大规模地推出多种体裁的欧茨作品集。其中包括三部长篇小说，即《妈妈走了》（*Missing Mom*），石定乐译；《大瀑布》，郭英剑译；《狐火：一个少女帮的自白》（*Foxfire*：*Confessions of A Girl Gang*），闻礼华、金林鹏译；一部短篇小说集《鬼魂出没：怪诞故事集》（*Haunted*：*Tales of The Grotesque*），左自鸣译；一部文学评论集《直言不讳：观点和评论》（*Uncensored*：*Views and Reviews*），徐颖果主译。

从20世纪80年代至今，学术界对于欧茨的研究发生了很大的变化。特别是最近两三年，研究欧茨的论文成几何倍数式增长。

20世纪八九十年代至21世纪初期，学术界和评论界对欧茨作品的研究还仅仅限于20世纪90年代以前的早期作品，主要集中在对《他们》和《奇境》两部作品的研究上，以这两个译本为基础的研究文章所占比例很大。例如，1984年第1期《杭州大学学报》刊登的《一本发人深思的美国现代小说——评析欧茨的〈奇境〉》（张德中），文章分析了《奇境》的主人公杰西这个人物的成长经历及存在的现实意义；1996年第6期《解放军外语学院学报》刊登的《人生的探索，艰难的历程——读欧茨的小说〈奇境〉》（汪海如），文章沿着美国历史的轨迹，分析了杰西的人生历程及其和美国文化息息相关的精神世界。可见，从20世纪80年代到90年代的十几年间，国内对欧茨作品的研究少有突破。这和欧茨作品翻译数量不足有很大关系。

对欧茨作品的研究角度，国内在相当长的时期内主要集中在“暴力”和“女性”两方面。例如，1987年第4期的《外国文学评论》中燕萍的《J. 欧茨的〈冬至〉对女性心理的新探索》；1998年第3期《洛阳大学学报》中孙海芳的《简析欧茨小说创作中的女性视野》；2003年第4期《四川外语学院学报》中单雪梅的《乔伊斯·卡洛尔·

欧茨小说世界中的女性群像》；2005年第4期《湘潭大学学报》中杨华的《暴力下的女性天空——论欧茨小说中女性意识表达的独特视角》；等等。这些文章或者分析欧茨作品中的女性形象，或者分析作者的女性视角，或者分析作品中的暴力，可以说，研究视角还是很单一的。对于欧茨21世纪以后出版的作品，研究文章还少得可怜，仅有关于《中年——浪漫之旅》和《浮生如梦》的2篇文章。显然，国内的研究状况和国外有很大差距，这和欧茨日益丰富的创作内容和日益增长的文学地位显然是不相称的。

2007年以后，这种情况发生了变化。仅仅从数量上就可以看出，欧茨在国内学术界得到了越来越多的关注。期刊论文在这两年中从40多篇增长到100多篇。中国优秀硕士论文全文数据库中从原来的4篇（一篇分析《他们》的主题思想，一篇分析《奇境》的人物形象，一篇解读《查尔得伍德》中的女性主义意识，一篇分析欧茨前期作品的艺术风格）增长到18篇。内容上从对个别作品的解读，扩大到对欧茨小说创作的整体关照。

目前关于欧茨研究的博士论文数量仍然很少。国家图书馆的博士论文库中可以查到的关于欧茨的博士论文有两篇，一篇是2000年上海外国语大学英语语言文学专业单雪梅的《从乔伊斯·卡洛尔·欧茨的小说看其女性主义意识的演进》（*The Evolution of Feminist Consciousness in Joyce Carol Oates' fiction*），另一篇是2008年上海外国语大学英语语言文学专业王弋璇的《暴力与冲突——乔伊斯·卡罗尔·欧茨小说的空间性》（*Violence and Conflict*：*The spatiality of Joyce Carol Oates*）。前一篇论文通过梳理欧茨的创作脉络，分析了欧茨创作中的女性主义意识及其不同的发展阶段，得出的结论是："欧茨是个女性主义者，她的女性主义意识是对女性自身的独立人格、独立的存在价值、创造能力及其优势的肯定，是对以男性为中心的文化对女性歧视与贬抑的否定。"[1]单雪梅的论文从女性主义角度对欧茨的创作进行了细致而深入的分析，挖掘出欧茨创作中一个非常重要的特征，在当今社会也具有其现实意义。但欧茨的创作具有丰富性和复杂性，如果仅从女性主义视角来分析其创作，难以概括欧茨小说包含的深刻意蕴。欧茨本人也认为，写作本身与性别无关，她不愿意被贴上女性主义作家的标签。后一篇论文通过列斐伏尔和福柯的社会空间理论分析欧茨小说的空间性，探讨了欧茨作品中突出的暴力现象的根源。暴力是欧茨小说的一个显著特征，论文使用了比较前沿的空间理论探讨暴力的根源，无疑是有其深刻性和尖锐性的。但暴力只是欧茨小说的一个表象，从中似乎难以把握欧茨的创作特征。正像前文所说，欧茨的创作题材和写作方法如此丰富多变，使她如福克纳般难以界定，任何从单一的视角去概括其创作的总体

1.单雪梅：《从乔伊斯·卡洛尔·欧茨的小说看其女性主义意识的演进》，博士学位论文，上海：上海外国语大学英语语言文学系，2002，中文摘要部分。

特征都是片面的。欧茨对现实的忠实和能够描绘复杂生活的杰出才能使她拒绝被某一个流派所约束和限定，正如某些评论家所说，研究这样的作家更为有效的方法不是试图给他们分类，而是在每部独立的作品中去把握作家致力表现的题旨，以检测他们达到目的的程度。

然而，国内关于欧茨小说的研究存在以下问题：

首先，研究对象范围小。欧茨在每个时期都有不同的作品，国内的研究在这方面缺失很大，只集中在对其少数作品的研究上：对早期获奖作品《他们》的研究最多，其次是《奇境》。欧茨20世纪80年代以后的作品特别是21世纪以来的作品还没有得到重视。

其次，研究视角单一。对欧茨作品的研究角度主要集中在以下三点：女性主义视角，暴力题材、悲剧视角，或者衍生为暴力下的女性、悲剧中的女性视角，等等。欧茨40年的创作历程不仅涉及很多创作题材，在创作方法上也进行了开创性的尝试，并且前后期创作经历了很大变化，如果仅仅从这三个视角出发进行研究，显然不符合欧茨创作的深度和厚度。

欧茨曾经说过："我有个巴尔扎克式的野心，想把整个世界都放进一部书里。""我只关注一件事：我这一代人的道路、社会状况。"[1]从欧茨创作的选材方面来看，她的作品取材于美国社会的方方面面，总体上是属于现实

1.欧茨著，宋兆霖等译：《奇境》，北京：外国文学出版社，1980年，译者序，第3页。

主义的。欧茨登上美国文坛的20世纪60年代也正是现实主义受到重视的时期。但从创作方法上看，又有很多现代派的技巧。20世纪六七十年代以后，由于后现代主义文学思潮的登场，传统的现实主义文学渐渐退居到边缘的位置。但欧茨的小说却能在这样的背景之下找到一个很好的点，把传统和现代结合起来，使她的作品显示出一种生机勃勃的张力。本书不从归类的角度论证欧茨所属的流派，而是把作家的整体创作纳入美国历史文化的大背景中去，探讨欧茨的小说所表现的精神追求及其与美国当代社会息息相通的关系，同时揭示欧茨小说的艺术发展与成熟的道路。

第二次世界大战后，美国文学的发展与美国社会情况及社会思潮有密切的关系。科学技术的迅猛发展使人们的生活越来越富裕和舒适，但精神上却越来越苦闷和空虚。年轻的一代向旧传统发起了挑战，形成了“垮掉的一代”及其文学流派。欧茨小说创作开始的20世纪60年代，美国历史上又发生了一系列引人注目的历史事件：古巴导弹危机，肯尼迪总统被刺，黑人抗暴斗争，学生反对侵略战争，直到20世纪70年代的“水门事件”和尼克松总统下台。中产阶级开始丧失信心，觉得幻想破灭。这种政治、社会和思想上的动乱或是直接反映到文学里，或是间接地对作家的创作思想产生影响。欧茨20世纪六七十年代创作的几部优秀长篇小说就反映了这种社会状况。例如，1967

年出版的《人间乐园》，1969年出版的《他们》和1971年出版的《奇境》。这三部小说都是从20世纪30年代的经济危机写到物质富裕而精神空虚得濒于崩溃的六七十年代，对近40年美国社会的变迁作了深刻而广泛的描写，勾勒了人物空虚苦闷的精神世界。

越南战争以后特别是20世纪80年代以来，由于高科技的进一步发展，美国社会进入了信息时代，欧茨的创作也发生了转变。这一时期文学总的趋势，是在激进的后现代主义文学热潮消退的同时，从纯粹虚构的荒诞游戏中又转向现实与社会，但完全回归传统的现实主义已不可能。同时，后现代主义文学实验理论和方法仍在产生广泛影响，使得这一时期的文学在传统与现代之间寻找前进的方向，将不同的表现方法融汇使用，混合拼接不同的文学形式已成为创作中普遍存在的现象。欧茨这一时期的创作承袭了以往对美国社会现实的关注，但在创作方法上却进行了大胆的尝试和突破，表现出相当的实验性。

首先是欧茨对社会现实的继续关注。这一时期她的作品不少是美国社会状况的直接反映，如《贝尔弗勒世家》（*Bellefleur*，1980），以世家第六代子孙吉迪恩一家生活经历为主线，利用时空交叉、象征神秘的手法，描写了贝尔勒家庭六代人近200年的历史，这也是美国历史的缩影，被称作是一部描绘美国社会的现代神话。1992年发表的《黑水》以美国历史上著名的“却巴魁迪克事件”为原型，在美国社会引起了大众的关注。2004年的《大瀑布》以纽约州北部“爱的运河”事件为历史背景，表现了作者对社会、历史和人类的关注。

其次是欧茨在这一时期表现出来的写作手法。在1972年的一次访谈中，欧茨把《奇境》称作自己创作过程中的分水岭：“随着《奇境》的问世，我结束了一个人生阶段，尽管我当时并没有意识到这一点。我想要达到一个更富表现力的道德境界，不单是戏剧化地描述一些恶梦般的问题，而是努力表现一些超越它们的可能途径。”[1]这预示着欧茨作为一个社会个体的公众道德意识以及社会责任感的回归，开始由揭露问题、提出问题向探寻解决之道变化。解决问题的方法之一，就是她在创作手法上的大胆实验。1980年，她在和《纽约时报书评》的记者谈话时，曾明确表示：“在我们生气勃勃的美国文学里，现实主义者早已与超现实主义者结下了不解之缘，在80年代，作家们将反对将他们分类。”[2]早在20世纪70年代，欧茨就已经不满足于用传统的现实主义方法来描绘现代人的生活，开始用各种各样的新手法进行复杂的写作实验。其作品较多地吸收了内心独白和意识流手法以及象征主义、黑色幽默、怪诞、戏仿等现代派技巧，并大量地运用了弗洛伊德的精神分析理论，使其后期作品带上了浓重的实验色

1.CLEMENS W. Joyce Carol Oates：Love and Violence. Jackson：University Press of Mississippi，2008，p.39.

2.欧茨著，宋兆霖等译：《奇境》，北京：外国文学出版社，1980年，译者序，第3页。

彩。1975年发表的《刺客们》（*The Assassins*）的开头，竟是通过婴儿的内心独白来描绘其在母胎里的感觉。1978年的《黎明女神的儿子》（*Son of the Morning*）也是用意识流手法反映人物的无意识内心世界的，艺术效果较好。到了20世纪八九十年代，这种实验性得到了进一步表现。1981年的《光明天使》充满象征隐喻和意象，结构的跳跃性也很明显。1982年的《布勒兹摩传奇》（*A Bloodsmoor Romance*），用近似黑色幽默的讽刺手法和模拟维多利亚时期女作家的笔调，描写五姐妹的生活遭遇。20世纪90年代以后发表的《黑水》，意识流写法也很明显，被书评家认为是欧茨最优秀的作品之一，可以和《他们》媲美。

需要特别指出的是本书对于“传统”和“现代”的界定。“传统”与“现代”是一个动态的概念。一切“现代”的东西终有一日会成为“传统”，所谓“现代”也是过去历史的一种延续。尤其是文学发展到后现代之后的今天，现代主义似乎也成了“过去的传统”。因此，本书截取了一段相对静止的时间，从文学史的角度，将现实主义文学设定为传统的，而将现代主义及其之后的文学界定为现代的，在这种界定下展开研究。同时，在论述欧茨小说的艺术发展和成熟的过程中，现实主义或现代主义不是作为文学运动或文学流派而是作为一种创作原则和创作方法加以论述。

本书以欧茨的几部主要作品——《奇境》《他们》

《光明天使》《我带你去那儿》《狐火：一个少女帮的自白》《中年——浪漫之旅》《大瀑布》《妈妈走了》等长篇作品为主要分析对象，以欧茨创作思想和创作方法的演变为线索，阐述其创作的丰富内涵。全文分成五章。

第一章，欧茨创作的文化历史语境。这一章论述欧茨与文学传统的关系。从20世纪60年代发表第一部作品开始，欧茨的创作历经40多年。这一部分主要从历时的、动态的角度追溯美国社会从20世纪60年代到现在的历史和文化语境，试图从总体上阐述社会运动与文学思潮以及它们同欧茨的小说创作之间的关系和美国作家们对欧茨的影响。

第二章，欧茨创作的传统意味——《他们》和《奇境》。20世纪60年代是欧茨创作道路上的第一个阶段。这一时期欧茨的创作思想，深受现实主义作家的影响，主张文学应该反映和描绘社会生活，作品带有明显的19世纪现实主义的特点，其题材主要以底特律为背景，以当年作者的亲身经历和所见所闻为素材，对20世纪30年代到60年代的美国社会变迁，作了较为广泛的反映和描绘。本章以《他们》和《奇境》为例，分析欧茨小说如何真实塑造出一批人物，揭示美国社会在高度物质文明下的丑陋和罪恶，展现了当代美国人的内心世界——焦虑、躁动、苦闷与迷惘。同时，本章以结构主义的先驱罗曼·雅各布森关于转喻和隐喻的理论为基础，分析欧茨小说的转喻艺术。

第三章，欧茨创作的现代意味——《狐火：一个少女帮的自白》和《我带你去那儿》。20世纪70年代以后，欧茨小说中的现代主义特征越来越明显，特别是20世纪80年代以后，随着现代主义在文学上的影响越来越大，她的作品也越来越多地充满着时代的气息，已经不能用“一个传统的现实主义作家”来定义欧茨了。她不仅成了一个颇具“现代派”精神的现实主义作家，更是一个富于变化的现实主义作家，在创作方法上叙述视角明显向内转，着力表现人物的心灵真实。这一章承接第二章，以《狐火：一个少女帮的自白》和《我带你去那儿》为例，分析欧茨小说的隐喻艺术，兼谈欧茨作品在创作方法上的实验性。

第四章，传统与现代之间。欧茨并不是后现代主义文学的代表作家，但身处后现代时期，她不可避免地受到了各种后现代主义思潮的影响，一定程度上参与、开创或借鉴了后现代主义文学的新写作手法。从欧茨的作品中可以看到，她的创作经常采用现代主义和后现代主义的各种形式和技巧，但现实主义始终是其作品的主要基调，她游刃有余地游走在现实主义和现代主义之间，游走在“传统”和“现代”之间，并创造性地改变了某些文学传统和种类。本章以欧茨的哥特小说为例，分析她对传统哥特小说的超越和创新；同时通过对长篇小说《大瀑布》的分析探讨欧茨是如何在传统的超验主义之下透视现代人的内涵的。

第五章，欧茨作品的美国性。这一章通过分析欧茨的小说，从美学的角度探讨美国的民族特征。和以往作家相比，欧茨的“美国性”建构有着独特的内涵。欧茨生活在美国当代社会，她通过描述置身其中的生活，借助广阔的城市意象，勾勒当代社会的美国人对“美国梦”的追寻；同时，又从多元文化视角出发，表达了对犹太身份认同这一问题的思考，从多个角度反衬出别具一格的“美国性”。

第一章　欧茨创作的历史文化语境

2009年10月8日，随着本年度诺贝尔文学奖落下帷幕，美国女作家欧茨再次与诺奖失之交臂。这两年，她是获奖呼声最高的作家之一。和2008年一样，曾经连续三次猜中诺贝尔文学奖得主的英国博采网站“立博”为欧茨开出了7∶1的赔率（2008年度获奖的法国作家克莱齐奥的赔率为14∶1）。《译林》杂志前主编王理行认为，欧茨的作品已经达到了一个很高的艺术水准，与近年来获得诺贝尔文学奖的作家相比毫不逊色。然而，她又一次错过了。

美国著名作家约翰·厄普代克曾说：“我们这个国家如果有一位杰出的女作家的话，那就是乔伊斯·卡罗尔·欧茨。”[1]确切地说，欧茨是一位小说家、短篇故事家、剧作家、诗人、文学评论家和编辑，同时她还是普林斯顿大学教授和美国文学与艺术学院院士。她不仅勤奋多产，而且涉及的领域极为广阔，在小说、散文、诗歌、戏剧以及学术论文等多种体裁上都取得了不俗的成绩。特别是她的小说创作，成就最高，影响最大，并屡屡在国内外获奖。1970年以长篇小说代表作《他们》获得美国国家图书奖，《人间乐园》等5部小说曾得到图书奖提名奖，《黑水》等3部作品曾获普利策提名奖，《大瀑布》荣获2005年度法国费米纳文学奖。《我们是马尔瓦尼一家》于2001年成为“奥普拉读书俱乐部”的推荐书目，这使得欧茨首次荣登《纽约时报》畅销书排行榜榜首。美国诗人兼ECCO出版公司编辑丹尼尔·哈尔波恩说：“她是个奇才，许多人，特别是作家，面对她犹如面对新的挑战。因为她创作了如此之多的作品。但是，真正让他们感到震撼的不是数量，而是质量。她的每一部书都因其高水平而令同行惊叹不已。”[2]

也许，正是因为欧茨的小说荣登畅销书榜首，拥有众多的读者群，许多人将她的作品归入“通俗”一类，其本人也被排斥在严肃作家之外。然而，欧茨多年来非凡的文学成就，又绝不是“通俗”二字所能概括的。欧茨自称是一位“严肃作家”，《译林》前主编王理行也认为，

1.欧茨著，李尧译：《中年——浪漫之旅》，北京：人民文学出版社，2004年，前言，第1页。
2.欧茨著，徐颖果主译：《直言不讳：观点和评论》，武汉：长江文艺出版社，2006年，文集总序，第13页。

欧茨只是在取材方面给自己的作品披上了通俗小说的外衣（比如，她的作品涉及凶杀、强奸、暴力、乱伦、偷情、侦探等），但她是在用这些题材表现自己对于人生、社会，对美国和人类社会的严肃思考。在创作技巧上，她在不同时期把现实主义、后现代主义等技巧成功地糅合在一起，从中可以感受她作为知识分子的历史使命感。正是这种使命感使欧茨认为："一切艺术都是有道德意义、有教育作用、有解说功能的。艺术教化人生。"[1]她的作品能拓展人类的视野，对人类的未来投以极大的关注，有着启人深思的哲理性和批判性。欧茨是一位严肃的现实主义作家，虽然她的创作以现实主义为基调，但她又不仅仅是传统的现实主义作家，她根据题材和内容，采用现代主义和后现代主义的创作手法，实验意味很浓。更由于欧茨对人物心理的深入挖掘，她被称作"心理现实主义"的杰出代表，欧茨本人也非常愿意接受这个称号。她说，即使从一个超现实主义者的眼光来看，自己的写作通常也是"真实"的。欧茨从一个传统的现实主义作家开始，在漫长的创作生涯中逐渐吸取了一些现代派的技巧，不仅"真实"地反映了美国社会的发展变化，而且比传统的现实主义作家更有力地反映了现代人的精神世界。

就像新历史主义认为的那样，每一个时代的文学都受制于特定的社会历史条件，每一个作家的作品都是他（她）所生活的时代的社会历史和文化的产物。要追溯欧

1.欧茨著，徐颖果主译：《直言不讳：观点和评论》，武汉：长江文艺出版社，2006年，文集总序，第16页。

茨在传统和现代的流变中所呈现的创作个性，必须考察一下她创作期的社会、历史、文化背景，特别是从现实主义发展到现代主义的文学背景。

第一节　从现实主义到现代主义的嬗变

一、从现实主义到现代主义

1888年4月初，恩格斯在给英国女作家玛·哈克奈斯的信中曾为现实主义（Realism）下过著名的定义："据我看来，现实主义的意思是，除细节的真实外，还要真实地再现典型环境中的典型人物。"除了恩格斯这个著名的定义，在西方文论史上对现实主义一直没有形成统一的描述。然而，从古希腊开始，人们就形成了"艺术乃自然的直接复现或对自然的模仿"这种最朴素的文学观念，来表达文学艺术对自然的忠诚，也把作品的逼真性或与模仿对象的酷似程度作为判断作品成功与否的准则。亚里士多德在《诗学》中提出"模仿说"，认为艺术应该按照事物"本来的样子"去模仿。到了文艺复兴时期，艺术家们继承了亚里士多德的观点，继续坚持艺术应该模仿自然。"现实主义"概念在文学领域的正式提出，始于18世纪末19世纪初德国"狂飙突进"运动的代表作家席勒。席勒在《论素朴的与感伤的诗》一文中，将直接反映现实的"素朴的诗"定义为再现现实的现实主义文学。它和浪漫主义

“感伤的诗”相对应，成为文学创作两种不同的风格。

作为文学艺术的基本创作方法之一，现实主义侧重如实地反映现实生活，客观性较强。它提倡冷静客观地观察生活，按照现实生活的本来样式精确细腻地加以描写，并运用典型化方法，力求真实地再现典型环境中的典型人物。现实主义作为一种创作方法，其运用时间相当久远，世界各国的文学艺术从产生之日起就在不同程度上具有现实主义的因素和特色；而现实主义作为一场文学运动，严格说来，产生于19世纪30年代的欧洲，以司汤达的《红与黑》为标志。但直到19世纪50年代，“现实主义”作为一个文艺流派的名称才被正式提出。1850年左右，法国画家库尔贝和小说家尚弗勒里等人初次用“现实主义”这一名词来标明当时的新型文艺，并由杜朗蒂等人创办了一种名为《现实主义》的刊物（1856—1857，共出6期）。这个刊物发表了库尔贝的文艺宣言，主张作家要如实描写普通人的日常生活，要具有客观性，不能美化现实。这派作家把狄德罗、斯丹达尔、巴尔扎克等现实主义作家奉为创作的楷模，明确提出用现实主义新文学代替浪漫主义旧文学，认为现实主义文学的任务就在于创造为人民的文学。从此，文学艺术中产生了“现实主义”这一被正式命名的流派。

然而，在整个西方，现实主义文学的产生和发展并不平衡，不同的国家和地区产生的时间和发展的情况差异很大。美国现实主义的发展就与欧洲极不合拍。19世纪中期，当欧洲的现实主义异军突起逐渐取代浪漫主义成为文学主流时，美国刚刚兴起的却是浪漫主义运动。美国的现实主义文学直到19世纪60年代末才开始产生，19世纪末20世纪初才在马克·吐温和杰克·伦敦那里达到高峰。而欧洲现实主义文学崛起后迅速取代了浪漫主义雄踞文坛的局面，并很快发展成为一场主流文学运动。到了19世纪中期，现实主义已形成一个强大的文学流派，并在司汤达和巴尔扎克那里达到顶峰。然而，就像任何一个文学流派从它产生之日起就会经历高潮和衰落那样，现实主义在经历了数10年的绝对优势之后，江河日下，盛极而衰。它在19世纪西方文学中的主流地位逐渐被现代主义所取代。

每一种文艺思潮的更迭都是有其深刻的社会历史原因的。现实主义产生之时，正是资本主义制度在西欧几个主要国家最后战胜封建主义的时期。资本主义制度的确立和巩固，使资本主义社会的各种弊病日益显露，阶级矛盾日益激化。面对这种冷酷的社会现实，人们不得不用冷静的眼光来看待他们的生活状况、社会地位以及人们之间的相互关系。与此同时，19世纪自然科学发展、唯物主义的胜利和空想社会主义学说的传播也都促使人们打破传统的观念和幻想，转而用比较客观的眼光来观察世界、研究社会现实问题。在这样的历史条件下，浪漫主义文学因沉溺于主观幻想和个人感情的抒发，忽视客观社会现实的主观主义创作方法，使越来越多的作家感到不满，于是他们继承和发展了文艺复兴，特别是启蒙运动文学以来的现实主义传统，冷静地观察社会，客观评价资产阶级的统治带来的种种社会弊病，如实地描写当时资本主义社会的日常生活，从剖析人物性格和社会环境的相互关系中揭示造成种种社会罪恶和弊病的根源。这样，以如实描写现实生活、揭露批判社会黑暗为其特征的现实主义文学，就逐步代替浪漫主义，成为在欧洲占主导地位的文学思潮。

而现代主义对现实主义主流地位的取代同样具有深刻的社会历史原因。19世纪末20世纪初，欧美一些主要资本主义国家先后进入了资本主义垄断阶段。随着工业革命的发展和科学技术的进步，这些资本主义国家的经济开始高速发展，同时，他们进一步加强对内盘剥和对外掠夺，加剧了劳资矛盾和帝国主义各宗主国之间的矛盾，终于造成了声势浩大的民主运动、民族独立和解放运动，同时，世界战争一触即发。

两次世界大战给整个世界带来了毁灭性的灾难，特别是第二次世界大战，是历史上破坏性最大的一场战争，是一场比第一次世界大战更为疯狂和恐怖的大屠杀。“二战”造成了五千多万人的死亡，在炮弹炸毁房屋和生命的同时，人类几千年来精心构造的信仰大厦也瞬间坍塌，西方人对人类的本性产生了深刻怀疑，对未来的前途和命运感到悲观绝望。正是在这种背景下，尼采发出了“上帝死了！”的痛苦呼喊，整个西方世界陷入严重的信仰危机。

与此同时，科学技术的迅猛发展使人们的生活越来越富裕和舒适，现代人的生活方式被彻底改变了，但精神上却越来越苦闷和空虚，对眼前的世界也越来越感到陌生和无所适从。伴随着理想的破灭和信念的丧失，人们对现存的思想文化、道德准则、价值观念以及行为方式都产生了根本性动摇，并急于在这个混乱的世界中找寻自己的位置。在这种背景下非理性主义思潮开始萌生。叔本华的悲观主义哲学、尼采的权利意志、斯宾塞的“社会达尔文主义”、柏格森的生命哲学以及弗洛伊德的心理分析……这些思潮不仅冲击了传统的文学观念，为现代主义文学的发展提供了哲学背景，还进而渗透到文学本体中去，有的甚至成为现代主义文学不可分割的有机组成部分。正如当代美国批评家阿尔弗雷德·卡津（Alfred Kazin）所言：“用这样或那样的形式、现代主义文学重新带来了被19世纪的科学所忽略了的那些东西。对于不见了踪影的‘生命’、‘有机组织’（organism）、‘功能’（function）、‘瞬间的现实’（instantaneous reality）、‘相互作用’（interaction）这类东西，人们此时可用威廉·詹姆斯的激进经验主义、亨利·柏格森的生命活力论和西格蒙德·弗洛伊德的无意识理论来予以填补。这些人并不只是哲学家和心理学家，而且还是超凡出众的作家，正如体现在《心理学原理》（1890）、《时间和记忆》（1896）和《释梦》（1900）这些著作中的那样，他们对人类知识作出的巨大贡献不仅对20世纪的现代主义文学运动产生了巨大的影响，同时他们本身也已成为这一文学的经典部分。”[1]

早在20世纪的前10年里，西方文学的主流就开始由现

1.转引自王宁：《二十世纪西方文学比较研究》，北京：人民文学出版社，2000年，第6页。原文引自阿尔弗雷德·卡津：《现代文学的背景》，波士顿：小布朗公司，1962年。

实主义向现代主义转变。经过近半个世纪的发展，现代主义终于成为一场文学潮流，形成了强大的声势。“一般说来，现代主义以19世纪后半期的象征主义诗歌为开端，一直到第二次世界大战前后的存在主义文学，包括象征主义文学、未来主义文学、超现实主义文学，表现主义文学、意识流文学、存在主义文学等。”[1]但现代主义文学兴起的确切时间往往不是被关注的对象，对现代主义精神——“现代性”（modernity）的强调是学者们更为重视的。所谓“现代性”，就是对传统的彻底反叛和十足的标新立异精神。然而，“反叛”并不意味着拒绝“继承”。现代主义文学充分继承了传统文学包括现实主义文学的优秀成果，杂糅了各个流派与各种风格之所长，形成一个发展变化中的复合体。就像现实主义和浪漫主义无法截然分开一样，现代主义和现实主义也存在着血脉相连的关系。在现代主义蓬勃发展的时期，现实主义作为曾经的主流声音衰弱下去了，但它从未真正地隐退和消亡，而是在不断变化中继续发展着。

二、发展变化中的美国现实主义

经过现代主义尤其是后现代主义的洗礼，现实主义作为一种文学运动和流派已成为历史，它被人们认为失去了旧日的光彩，应该寿终正寝。但作为一种文艺思潮和文学创作的重要手段，它难以退出文学史的舞台并显示出强大的生命力。一些优秀的现实主义作家仍然坚持走自己的现

1.刘象愚等主编：《从现代主义到后现代主义》，北京：高等教育出版社，2002年，第3页。

实主义道路，虽然他们并未使现实主义成为20世纪西方文学的主流。

现实主义在美国文学中占据过主导地位，它对美国文学传统的形成起到了作用，赋予美国文学以极其重要的意义。南北战争不仅是历史的一道分水岭，它更作为一道文学的分水岭，使战前以追求民主、自由、平等为目标的浪漫主义文学转向严肃思考理想与现实矛盾的现实主义文学。美国现实主义文学的出现比欧洲大约晚了半个世纪，是在美国南北战争之后的20世纪60年代末期产生的。它以“乡土文学”为开端，早期形式是一些通俗小说，具有浓厚的生活气息和现实主义色彩。到了19世纪70年代，美国作家在文学上开始转向现实主义。现实主义小说的真正开端是威廉·豪威尔斯和马克·吐温的创作。豪威尔斯是美国文学发展中第一个倡导现实主义的作家，在他的领导下，现实主义成为美国文学的“主流”。作为美国现实主义文学的代表，一方面，豪威尔斯提出现实主义文学应该是简单、自然和诚实的，应该对材料进行“不多也不少的忠实处理”，“现实主义的唯一要求就是忠实。对生活的忠实是现实主义的首要准则”。[1]他认为，生活中没有不重要的东西，但小说家应该主要对大众的、普通的和平凡的东西感兴趣，优秀的现实主义者应该醉心于“普通人的普通情感”。他认为，英国女作家简·奥斯汀是“现实主义小说”的“典范”。另一方面，他不赞成法国现实主

1.AHNEBRINK L. The Beginnings of Naturalism in American Fiction. New York：Harvard University Press，1972，p.48.

义作家在他们的小说中充满了凶杀、犯罪和色情的做法，他认为作家笔下的现实社会不应该比生活本来的面貌还要可怕。美国小说应该刻画“生活中更多的微笑方面”。[1]当然，豪威尔斯关于小说的见解并没有得到后来大多数美国现实主义作家的认同，甚至与他同时代的作家，也有许多人与他的意见相左。现实主义文学的另一个代表马克·吐温则从下层劳动群众的视角出发，通过描写广大劳动阶级的苦难生活，揭露和批判社会的黑暗和罪恶，同时以资产阶级人道主义的立场表达了对下层人民不幸遭遇的深刻同情。马克·吐温的批判现实主义具有强大的生命力，后来经过赫姆林·加兰、欧·亨利等人的共同努力，到20世纪90年代末期，美国现实主义文学出现了第一次高潮。从19世纪70年代马克·吐温的《镀金时代》到“一战”前的“黑幕揭发”运动，对统治阶级的不满是这一时期现实主义文学的一个显著特征，在内容上表现为对现实的揭露和批判。在揭露和批判上层阶级的同时，现实主义作家表现出对下层人民的深切同情。从19世纪90年代开始，一些作家民主、自由的人生观受到资本主义发展带来的冲击，他们悲观失望的情绪也在作品中多有流露。在形式上，尽管不同的小说家有不同的侧重，但这一时期的现实主义总的来说是注重真实性和客观性，叙述手法平实，注重细节的刻画，关注人间和人的日常体验，与浪漫主义追求抽象的

1.彼得·B·海著，胡江萍译：《美国文学掠影》，上海：华东师范大学出版社，1992年，第67页。

美和精神形成了鲜明的对比。

进入20世纪，世界形成了新的文学格局，但现实主义仍然是其中重要的一极，继续向前发展，不仅出现了一大批闻名遐迩的作家，还出现了越来越复杂的创作手法。作家在批判和揭露现实时更偏重于对精神生活的描述，一些作家在对人的内心世界进行深入分析时，往往采用各种现代派的手法，例如意识流、蒙太奇、隐喻、象征、荒诞、内心独白、神话和传说等，使传统的现实主义手法得到了极大的丰富。福克纳的《喧嚣与骚动》改变了一般小说平铺直叙的手法，采用时空倒置的手法用多视角展现人物的生活和思想；厄普代克的"兔子四部曲"，采用意识流等现代派手法使小说充满现代生活气息。正像欧茨在1980年与《纽约时报书评》记者的一次谈话中宣称："现实主义者与超现实主义者早已在我们生气勃勃的美国文学中结合在一起，今天的批评家已反对把作家进行分类了。"[1]

从以上的历史背景中可以看到，从19世纪中后期到20世纪，美国现实主义文学创作无论从内容上还是手法上，都经历了多样的变化。欧茨作为一个时代作家，其创作必然反映出现实主义文学发展的印记。欧茨尊重美国文学传统，她深受狄更斯、巴尔扎克、德莱塞、马克·吐温、斯坦贝克等现实主义作家和批判现实主义作家的影响，主张文学应该真实地反映现实生活，致力于表现"世界的复杂性"。欧茨曾经说过："我有个巴尔扎克式的野心，想把整个世界都放进一部书里。""我只关注一件

1.欧茨著，宋兆霖等译：《奇境》，北京：外国文学出版社，1980年，译者序，第3页。

事：我这一代人的道路、社会状况。”[1]因此，从欧茨创作的选材方面来看，都是取材于美国社会的方方面面，总体上是属于现实主义的，欧茨登上美国文坛的20世纪60年代也正是现实主义重新受到重视的时期。然而在继承传统的同时，她也注重用多样化的艺术手法刻画人物内心世界，甚至不惜通过冒险的尝试进行“现代性”的探索。在她的某些作品中，读者可以看到欧茨娴熟地借鉴和运用了乔伊斯、福克纳、伍尔芙等现代派大家的心理分析、意识流、象征主义等表现手法，从而使自己的作品具有“现代色彩”。自20世纪六七十年代以来，由于后现代主义文学思潮的登场，传统的现实主义文学似乎渐渐退居到更为边缘的位置。但欧茨的小说却能在这样的背景之下找到一个很好的点，把传统的现实主义创作方法与现代派的实验性结合起来，使作品显示出一种生机勃勃的张力。

第二节　欧茨与美国文学传统

上一节本书追溯了欧茨创作的宏大历史语境，即从现实主义到现代主义逐步演变的西方文学浪潮。但与欧茨的创作有着更密切、更直接关系的，是更为具体的美国文学语境。从1963年欧茨的第一部短篇故事集《北门畔》出版

1.欧茨著，宋兆霖等译：《奇境》，北京：外国文学出版社，1980年，译者序，第3页。

开始，欧茨的创作期历经40多年。在这40多年的岁月里，美国社会、文化经历了巨大的变化，仅仅是欧茨开始步入文坛的20世纪60年代，美国历史上就发生了一系列的引人注目的历史事件：古巴导弹危机，肯尼迪总统被刺，黑人争取民权运动，青年学生反战运动，直到20世纪70年代“水门事件”和尼克松总统下台……美国文学也伴随着这些社会历史事件经历了数次思潮的更迭。欧茨在这个过程中学习和继承了优秀的美国文学传统，使之成为自己文学创作的基础和源泉。这些政治、社会和思想上的动乱不仅对欧茨的创作思想产生了影响，还直接反映在她的文学作品中。欧茨说：“我看出自己有很深的文学传统，其他作家对我的影响十分明显。没有他们我就不可能存在。”

一、童年与创作

在2003年出版的《作家的信念》中，欧茨写道：“一个作家的一生受两种最主要的影响，一种影响来自幼年，它沉浸到我们的骨髓中并决定着我们今后的世界观。……”[1]作为作家的欧茨，童年的经历不仅影响了其世界观的形成，更重要的是这段经历直接影响了她一生的创作。在欧茨看来，在文学创作的每一个十字路口，作家选择的方向，都与其童年的生活和印记相关。因此，在追溯欧茨的创作与美国文学传统的关系之前，我们不妨先从其童年的生活说起。

欧茨1938年6月16日出生于纽约州的洛克波特市

1.OATES J C. The faith of a writer：Life，craft，art. New York：Ecco，2003，p.13.

（Lockport）伊利镇（在欧茨的作品中被称作伊甸镇）的一个工人家庭，父母穷苦出身，父亲做过机械工具技师，家境贫寒。20世纪30年代经济大萧条时期贫苦的家庭生活为她早期的小说创作提供了丰富的素材。

欧茨的家乡是伊利运河上的一个港口，它把伊利湖同大西洋连接了起来。但随着铁路的兴起，运河连同港口都失去了实际的运输意义，成为相对闭塞的地方，经济很不景气。欧茨从小寄养在农村的外祖父家，外祖父家有一个大农场，欧茨的童年就是在那里度过的。尽管很多材料记述，"那是一段非常悲惨的日子"[1]，但欧茨还是在那里享受过与父母生活在一起的快乐时光。古旧的厨房、屋子里的楼梯、从窗子后面一眼可以望见的庭院……都构成了欧茨难以忘怀的童年意象。她甚至曾经回忆起她的"英俊的长着一头浓密黑发的父亲，在某个星期天的午后，斜靠在一个梯子旁……"。[2]1975年，欧茨36岁的时候，她还深情地回忆她的幼年时代："当我长大时我开始发现我的童年是多么幸运：我有个妈妈、一个爸爸、一个很爱我的奶奶（我永远的奶奶）。还有那乡村的环境，美丽的风景……"[3]这些童年的回忆是美好的，但欧茨也承认她有过不愉快的记忆。欧茨7岁的一天，她和父亲还有2岁的小弟弟罗宾，在看望奶奶回来回家的路上，在伊利运河桥（Erie Canal bridge）旁，有一群人围在那里。他们停下

1.GREG J. Invisible Writer：A Biography of Joyce Carol Oates，New York：Penguin Putnam，1998，p.21.

2.同上，第23页。

3.同上，第24页

来，看见一个男人的尸体被一个巨大的钩子从河水中捞上来。许多年后，欧茨回忆起当时的情形还记忆犹新：“钩子深入那个男人的身体，深入他的后背……一个警察把尸体翻个身，在地上拖着……”[1]这段可怕的记忆在欧茨1990年的小说《因为它苦，因为它是我的心》中得到了反映：“小红点”克拉克的尸体从Cassadaga River中拖上来的情形。无论是愉快的还是可怕的童年记忆，都构成了欧茨作为一个作家的成长经历。后来这些回忆不断地出现在欧茨自传性的评述里，这些看似矛盾的戏剧化经历也不断出现在她的小说里。

1943至1948年，欧茨进入了“一间房教室”——很多师生挤在一个房间里的平民学校。在那里，她受到了最早的学校教育，开始了她在农场以外的生活。但学校生活却在欧茨的记忆里留下了阴影。农场里的许多孩子特别是男孩子非常粗暴和野蛮，“许多事情吓坏了我但我又不得不一天天地去面对”。[2] 他们生活的农场地区偏远而落后，当地人近亲通婚成为普遍现象，因此造成了许多孩子智力低下。大一点的孩子欺负小的，有的甚至会发生动物般的行为：一个13岁的男孩会与他6岁的妹妹乱伦。欧茨保护自己不受伤害的方式是奔跑：“我跑得非常快，我能记得我的一个同学说：‘她跑起来快得像一只小鹿。’”[3]这种记忆曾经真实地出现在1969年欧茨的小说《他们》里，

1.GREG J. Invisible Writer：A Biography of Joyce Carol Oates，New York：Penguin Putnam，1998，p.24.
2.同上，第28页。
3.同上，第28页。

当一些大孩子追朱尔斯时，他飞快地逃脱了，他们说：他快得像一只鹿！

四年级的时候，欧茨还经历过一次“性暴力”。一天早上，农场里的几个坏男生在校舍附近围住了她，她还记得当时的可怕场景和自己绝望地抵抗。虽然欧茨只是被控制而非强奸，但她认为那是最早的心理暴力事件，直到1993年，这件事还会出现在她的记忆里，感觉就好像是几年前才发生的一样。

尽管遭受过心灵上的暴力，但欧茨在学习上还是出类拔萃的。少年欧茨的阅读速度很快，理解能力强，具有丰富的想象力和敏捷的思维。还不会读书写字的时候，她就学会了用绘画表达自己的思想：她常常把自己的想法画成一幅幅奇妙的图画，幼小的她心中似乎有无数的故事向人诉说。14岁时欧茨收到了祖母的一个珍贵礼物——一台打字机。她开始写故事，也开始与文学结下不解之缘。

后来，欧茨有幸念完高中并得到一笔奖学金，升入锡拉丘兹大学学习文学。成立于1870年的锡拉丘兹大学是一所独立的、拥有国际声誉的私立大学。大学位于距离纽约市西北面大约280英里处的锡拉丘兹市，因平均年降雪量大而获名“雪城”，因而“雪城大学”就成了锡拉丘兹大学的别名。学校的建筑具有悠久的历史和独特的风格，其中有许多是国家级名胜古迹。在大学学习期间，欧茨笔耕不辍，创作了大量的小说和诗歌，内容主要是以自己的童年生活和学校生活为背景。1959年，在欧茨21岁时，她终于发表了自己的第一篇短篇小说《在旧世界中》，刊登在《小姐》杂志上，获得了“大学小说奖”。这是她人生中获得的各种奖项中的第一个。从此，她的作品引起了读者群和批评界越来越多的注意。欧茨大学毕业后进入威斯康星大学，1961年获文学硕士学位，同年与英语助教拉蒙德·约瑟夫·史密斯结婚。婚后欧茨在底特律大学当英语教师，担任英美文学的教学工作。1967年，欧茨和丈夫移居加拿大的安大略，她在温莎大学任教至今，并与丈夫一起创办了杂志《安大略周报》。1978年，欧茨回到美国，受聘于普林斯顿大学至今，教授文学创作课程，同年当选为美国文学艺术院院士。

欧茨在底特律大学任教时，出版了她的第一部长篇小说——《冷得发抖的秋天》（*With the Shuddering Fall*，1964），当时她只有26岁。此后的10余年里，她连续出版了5部长篇小说：《人间乐园》（1967）、《奢华的人》（*Expensive People*，1968）、《他们》（1969）、《奇境》（1973）和《我任你摆布》（1973）。这10多年是她小说创作初获成功的时期，特别是《他们》于1970年获国家图书奖。之后，她几乎以每年一部长篇小说的速度，创造了辉煌的写作生涯。直到2008年，70岁高龄的欧茨还是如期推出了长达562页的第36部长篇小说《我的妹妹，我的爱》（*My Sister, My Love*），并顺利入围了2009年国际IMPAC都柏林文学奖的长名单。

二、欧茨与美国现实主义

欧茨是以一个传统的现实主义者身份登上文坛的，她早期作品也大多是关于她在农村的童年生活和“正在崛起的底特律的钢筋混凝土味”,因此，欧茨和美国现实主义传统关系密切。

现实主义是美国民族文学的真正开端，形成了美国文学传统。从19世纪末现实主义的第一次高潮直到近20年来现实主义在美国的再度兴起，美国现实主义文学经历了20世纪初至20年代末的“自然现实主义”、20世纪30年代的社会现实主义小说、40至60年代的流派现实主义、70年代末崛起的新现实主义小说，造就了一大批优秀的现实主义作家，马克·吐温、约翰·契弗、海明威、斯宾塞、塞林格、厄普代克、福克纳、斯坦贝克等都是其中的杰出代表。

无论经历过多少阶段和流派，“对现实的忠诚”始终是现实主义追求的原则，“真实性”的文学观念一直深深地扎根于现实主义作家的文学思想中。作家们都要求“写真实”，并描写“自己所生活的环境”。海明威对马克·吐温的《哈克贝利·费恩历险记》的评语被经常引用，因为他不无夸张地说，一切现代美国文学都来自马克·吐温写的《哈克贝利·费恩历险记》，一切美国文学都从这本书开始。《哈克贝利·费恩历险记》的语言颇具特色，但海明威不是从文体和语言的角度、而是从文学原则和文学立场作如此评论的。由此可以看出，19世纪现实主义有关真实性的文学观念已深深地扎根于海明威的文学思想中。

《哈克贝利·费恩历险记》（1884）是马克·吐温的代表作，出版后受到高度评价，被认为是美国文学史上的一座丰碑。小说用孩子的口吻讲述流浪儿哈克贝利在密西西比河上及河畔的所见所闻、所思所想，深刻揭露了当时的社会现象，描绘了各阶层的生活场景。主人公哈克贝利是一个聪明、善良、勇敢的白人少年。他为了追求自由的生活，逃亡到密西西比河上。在逃亡途中，他遇到了黑奴吉姆。吉姆是一个勤劳朴实、热情诚实、忠心耿耿的黑奴，他为了逃脱被再次卖掉的命运，从主人家中出逃。他们一起漂流在密西西比河上，过着自由自在的生活，两人成了好朋友。哈克贝利为了吉姆的自由，历尽千辛万苦，最后得知吉姆的主人已在遗嘱里解放了他。这是一个白人少年的故事，但马克·吐温又使它成功超越了故事本身，成为美国人向往和追求自由的一种象征。

美国现实主义小说的另一代表塞林格，在《麦田里的守望者》中以深刻真实的心理洞察和准确的艺术概括，描写了身处物质丰裕的美国社会里青少年的迷惘情绪，提出了严峻的社会和价值观念问题，因而被认为是战后美国现实主义小说的典范之作。厄普代克也强调，小说家所反映的现实是通过显微镜般的精细观察而反映出来的各种精确细节的综合，这种“精确”是和“真实”结合在一起的，在当代美国小说史上是一种自觉的现实主义创作主张。

欧茨的小说继承了美国现实主义这种创作主张，注重真实性，特别是她的早期作品，几乎都是城市生活的真实再现，这在后文中将进一步论述。受马克·吐温的影响，欧茨的《狐火：一个少女帮的自白》勾勒的几乎是和《哈克贝利·费恩历险记》同样的故事，她同样以现实主义的真实手法，刻画了以“长腿”为代表的美国白人少女。欧茨直言不讳地表达：“在构思《狐火：一个少女帮的自白》时，我心里的名字是《哈克贝利·费恩历险记》。”

美国现实主义文学关注社会生活，同时赋予文学作品以道德意义。长久以来，许多著名的现实主义作家注重文学作品的道德意义。托尔斯泰曾经“将道德视为艺术首要衡量标准，并以一个知识分子的勇气，以堂·吉诃德的方式奋力捍卫这一标准。”[1]美国的现实主义作家的作品也常常致力于体现这种道德观念。豪威尔斯主张，艺术家须对他所描写的事件现象进行道德裁判，并将新价值观和他倡导的现实主义传播到全国各地，他的作品也成了中产阶级子女的教科书。欧茨认为：一切作品都是有道德意义的，艺术教化人生。在她的作品中，始终贯穿着对社会的责任感。《大瀑布》中所提出的环境污染问题，《中年——浪漫之旅》中的中产阶级精神出路问题等等一直表达着她对社会的深切关怀。

美国现实主义作家关注小人物的命运。马克·吐温笔下的哈克贝利·费恩、豪威尔斯笔下的塞拉斯·拉帕姆、亨利·詹姆斯笔下的黛西·米勒、西奥多·德来塞笔下的嘉利妹妹，这些人无一不是生活在社会底层的小人物。

1.邱运华著：《文学批评方法与案例》，北京：北京大学出版社，2005，第15页。

作家正是通过描写这些小人物的命运，表现了现代人在工业文明中的痛苦挣扎，折射出美国社会不同时期的社会现实。欧茨小说作品的主要描写对象也是生活在社会下层的所谓“他们”阶层。由于她出身贫寒，欧茨非常关注这些“小人物”的命运，把反映他们的命运作为自己创作的使命。《他们》中的温德尔一家、《狐火：一个少女帮的自白》中的少女帮、《我带你去那儿》中的阿尼利亚都是这个阶层的代表。这与美国现实主义文学的一贯追求是一致的。

美国现实主义作家的作品还往往充斥着乐观主义精神。“乐观主义”是美国人性格和美国民族特质的一个重要表现，美国现实主义文学的主帅豪威尔斯曾经号召美国作家描写美国“这个快乐的大陆”，描写美国“微笑的方面”。

乐观主义精神在美国现实主义文学中多有反映。《哈克贝利·费恩历险记》的小主人公流浪儿哈克贝利经历了千难万险、一路逃亡，最后终于获得了自由；海明威的《老人与海》塑造了一个坚强不屈、不向大自然低头的硬汉形象……欧茨继承了美国现实主义的这一精髓，在作品中时时流露出美国式的“乐观主义”。《大瀑布》中的寡妇新娘遭遇两次丧夫之痛，但生活没有击垮她，她带着三个孩子顽强走出了困境（《大瀑布》）；叛逆的尼基在母亲遭遇暴力死亡后，用回忆中的母爱把自己拉出沉沦的泥淖，迈向新的生活（《妈妈走了》）……这些都是欧茨刻意在作品中流露的“乐观的曙光”，以鼓舞人们去勇敢面对生活。

应该强调的是，欧茨对美国现实主义传统的多方借鉴和继承并不是“历史传统”的再现，她的作品与传统的美国现实主义有着显著的区别。特别是当代美国现实主义文学逐渐染上现代主义色彩时，彻头彻尾的传统意义上的现实主义已不可能存在。当代的现实主义小说家在创作中不同程度地融入了包括现代主义的非现实主义成分，有的甚至写出了近似现代主义的作品。欧茨的小说也越来越多地熔心理描写、隐喻象征、意识流、荒谬怪诞与环境写实于一炉，在历史与现实、传统与变革之间达成了衔接与递进，成就了颇具个性的新的历史条件下的现实主义文学——心理现实主义。

第二章 欧茨创作的传统意味——早期小说《他们》和《奇境》

从1963年发表《北门畔》，欧茨开始了创作道路上的最初阶段。她在这一时期的创作思想，深受现实主义作家的影响，主张文学应该反映和描绘社会生活，应致力于表现“世界的复杂性”，揭示生活中的不公和邪恶。这一时期欧茨的作品，带有明显的19世纪现实主义的特点，很多批评家认为她的小说酷似狄更斯的作品，其题材主要以作者青少年时代生活的家乡和早期工作的底特律为背景，以当年的亲身经历和所见所闻为素材，对20世纪30年代到60年代的美国社会变迁作了描绘。作品的现实生活内容较多，环境也多为现实生活中的场景，作者塑造了一批人物，揭示了美国社会在高度物质文明下的丑陋和罪恶，展现了当代美国人的内心世界——焦虑、躁动、苦闷与迷惘。在这个意义上，欧茨自称“社会现实主义者”是恰如其分的。

第一节　历史真实

一、《他们》中的美国历史

长篇小说《他们》发表于1969年，第二年就获得了美国国家图书奖。欧茨在《他们》“作者的话”中，称这部作品是“一部小说体裁的历史”。[1]它以儿子朱尔斯和女儿莫琳为主要人物，以温德尔一家三代的经历为主线，描写了美国从1937年到1967年整整30年间的历史。作者声称，《他们》的情节绝大部分是由她的一位学生，即小说的女主人公莫琳·温德尔提供的。“这部真实地描写‘他们’的小说——《他们》，并非运用某种文学技巧，向读者指出某人某事，而主要是根据莫琳的大量回忆撰写成的。她的话，只要可能，都逐字收入本书。”[2]尽管作者的附注可能是一种叙述的策略，但在构思和写作这部小说时，欧茨确实把真实性放在了非常重要的位置。

1.欧茨著，李长兰等译：《他们》，南京：译林出版社，1998年，“作者的话”，第12页。
2.同上。

美国新闻周刊记者克里门斯在评论欧茨的早期创作时曾说，欧茨有能力抓住和反映历史紧要关头的社会精神。事实上，《他们》的情节就是一部真实的美国史，“是温德尔一家一个独特的美国冒险者家庭的历史”。[1]它以20世纪60年代美国著名的“底特律暴乱”为背景，反映了20世纪前半期美国这座世界闻名的汽车城底层市民的生活和命运。《他们》中温德尔一家的悲惨命运，他们精神生活的空虚和希望的破灭就是底特律城市贫民生活的真实写照。这部小说对城市生活的凶杀、卖淫、斗殴等阴暗面着墨较多，俨然是一个美国下层市民生活经历的全景，也成为美国现代化都市生活的真实写照。欧茨说：“《他们》充满了一个粗野而繁荣的美国城市的那种令人震撼的节奏：美国汽车城的狂热的冲动，以及美国凶杀城的混乱。”[2]1962年至1967年，欧茨在底特律大学教授英语。1967年，处于社会底层的底特律黑人居民因种族歧视等原因与白人发生流血冲突，总统动用5000人的军队入城镇压，冲突中40人死亡，数千人受伤，7200人被捕，数百幢建筑被烧或受损，三大汽车业巨头全部停工停产。这是美国战后历史上的一次重要事件，也是20世纪60年代美国社会动荡中的一个插曲，欧茨目睹了这一暴乱的全过程，并把它写入代表作《他们》。

“说来也巧，那时我丈夫和我住的街区南面是七英

1.欧茨著，徐颖果主译：《直言不讳：观点和评论》，武汉：长江文艺出版社，2006年，第295页。
2.同上。

里大道，西面是利弗诺大街，正好处于放火抢劫的边缘地带。像成千上万的其他底特律市民一样，我屈从于各种与这种骚乱相关的感情，在脑海里留下了失去理智的记忆。发生了什么事情？怎么会发生这种事情？我们会被杀死吗？谁来保护我们？事实上，密歇根国民队开了进来，在底特律西北这一地区保护财产和生命。暴力的核心在几英里之外，靠近少数民族聚居的地方，那里长期是底特律市中心的贫困区，距白人/犹太人的西北区非常远，就像它是在另一个国家似的，但现在变成了疯狂交战的地方。然而，呛人的火药的烟雾好几天飘浮在城市的上空，伴随着灼人的热浪；燃烧东西的臭气仿佛要把底特律其余的人窒息，因此大凡经历过甚至靠近1967年骚乱的人，谁都不会觉得底特律是个'安全的'——甚或'健康的'——可居住的地方。"[1]《他们》的主人公就生活在这个充满贫困、暴乱和混乱的底特律的底层社会。在"在描写那次骚乱及其后果时，《他们》的意图是尽量做到历史的真实，如它采取超现实的文献的方式，追述底特律的地理以及白人特权阶层的郊区格洛斯·波音特，而在那里朱尔斯·温达尔陷入了不可挽回的爱情"。[2]

小说的开头扣人心弦、充满恐怖和血腥：情窦初开的16岁少女洛雷塔·温尔德（莫琳的母亲）对生活充满了美好的向往和憧憬，但在一个清晨却被一声尖利的巨响惊醒

1.欧茨著，徐颖果主译：《直言不讳：观点和评论》，武汉：长江文艺出版社，2006年，第298页。
2.同上。

了，她在惊恐之中发现哥哥布洛克一枪打死了躺在身边的恋人伯尼·马林。这场飞来的横祸把洛雷塔吓呆了。孤立无助之下，洛雷塔向警察霍华德·温德尔报案，而霍华德却乘人之危地在凶案现场奸污了她，洛雷塔被迫嫁给了这个帮他处理掉尸体的“恩人”。少女的美梦匆匆结束，生活的旋涡裹挟着她一步步来到社会最底层。面对日渐衰败的生活，洛雷塔抱怨、愤怒，最后沉沦。这是一个充满象征意味的开场，女儿莫琳和儿子朱尔斯就诞生在这样一个充满了血腥和残暴、污秽和荒诞的环境当中。他们生活的底特律十分混乱，存在着严重的种族歧视和阶级不平等。很多像莫琳的生父温德尔一样的贫民或者失业、或者时时面临失业的威胁，生活中从来都没有安定。黑人的处境比城市贫民还要差，他们不但经济贫困，还要遭受种族歧视。这些弱势群体需要权力和身份，但在底特律混乱的社会环境中一切都是不可能的。

《他们》的第三部分有一些简短的电影式的插曲，描写莫琳漫步在六英里大道和底特律大学校园边上的富人居住区。

“多好的大房子！多好的草坪！居住在这里每一幢房子里的人们、家庭、父亲、母亲和孩子，过着他们的日子，仿佛住在这样的房子里，过着如此的生活，是不足为奇的。莫琳惊讶地想到，这些人并不理解自己生活的含义。……两位年轻的母亲正在兴奋地谈论着什么。莫琳很想成为第三个年轻女子，参与她们的交谈。她想成为一个年轻的母亲，在人行道上漫不经心地拉着家常，而不会觉得自己的举止有什么特别的地方。她注视着那两个女人。她的艳羡不是仇恨，倒是亲近一类的感情：她爱她们。这是她所能产生的那种最接近于爱的感情了。”[1]

与其说这种经历是主人公莫琳的经历，不如说它是欧茨在底特律的真实经历；与其说这是莫琳内心产生的一种复杂的情感，不如说是欧茨内心曾经涌动的种种幻想。在《直言不讳：观点和评论》中，欧茨写道：“当时我也在那里散步，注视着那些宽大的、维护得非常漂亮的砖房，使人想到里面闲适的生活，同时也看到它们吸引着毛丽恩充满渴望的眼睛。虽然我现在也住在这样一座房子里，但我觉得我对我虚构的人物比对我自己有更深刻的真诚；这种漫步是我年轻时在纽约洛克港某些富裕区经常做的那种散步的重复；像毛丽恩一样，我觉得并不完全是羡慕，也不是憎恨，而是‘类似爱情的某种东西’。”[2]

欧茨说过，作为在大萧条末期出生于美国乡下工人阶级的女儿，并且在纽约西部一个不景气的小农场长大，她对笔下的“他们”阶层有一种绝对的“忠诚”，反而对“我们”的设想是反讽的。“《他们》这个书名是我凭灵感想到的，它狡诈地暗示事实上存在着他们和我们；在我们这个民主国家，他们是一个我们能够以怜悯、敬畏、嫌恶和道德优越感凝视的范畴，就像穿过一个深不可测的

1.欧茨著，李长兰等译：《他们》，南京：译林出版社，1998年，第461页。
2.欧茨著，徐颖果主译：《直言不讳：观点和评论》，武汉：长江文艺出版社，2006年，第298页。

深渊……”[1]可见，作者与她笔下的人物是站在同一个立场的，朱尔斯在小说结尾对妹妹莫琳说的话实际代表欧茨想说的话：“难道你自己不是他们中的一个？”[2]欧茨对“人物”的这种“忠诚”使其作品具有了更深刻意义上的真实性。有些学者讥讽欧茨的小说像新闻，评论家S. K. 奥布贝克作了中肯的评价：“如果说她的作品里有什么‘新闻’的话，就在于其中无可置疑的、直接的当代生活的氛围和细节，这同她泰然自若的艺术技巧结合在一起，把美国生活中可怕的方面向读者生动地展示出来。”[3]

二、《奇境》与美国文化变迁

欧茨的另一部小说《奇境》，仍然以传统的现实主义手法再现了美国20世纪30年代末至70年代初的历史变迁。1973年，欧茨在一篇题为《孤立艺术家的神话》的文章中写道：“在过去10年中所有以我的名字出版的书，都是以特定的形式和复杂的含义论述人的个性以及它与特定的文化（当代美国）之间的关系。”[4]

《奇境》也正是这种观念之下的人物与社会之间关系的生动展现。20世纪30年代席卷整个西方世界的经济大萧条毫无例外地冲击了主人公杰西的家庭。作品以宏阔的笔

1.欧茨著，徐颖果主译：《直言不讳：观点和评论》，武汉：长江文艺出版社，2006年，第296页。
2.欧茨著，李长兰等译：《他们》，南京：译林出版社，1998年，第575页。
3.欧茨著，李长兰等译：《他们》，南京：译林出版社，1998年，译本序，第9页。
4.钱满素：《美国当代小说家论》，北京：中国社会科学出版社，1987年，第269页。

触，描绘了美国20世纪30年代的经济大萧条，第二次世界大战，50年代的冷战，60年代的肯尼迪总统遇刺、女权运动、青年一代“反文化”运动等一系列重大事件，把人物置于真实的历史背景下，生动地再现了美国40年间的社会变迁。

20世纪20年代末美国出现的严重的经济危机和随之而来的30年代的经济大萧条，使失业与贫困成了政府最迫切需要解决的社会问题。许多家庭在失业的威胁下陷入悲惨的境地。杰西的父亲经营着一家小加油站，在风雨飘摇中，小加油站终于倒闭，周围到处是破败的景象：

“在主干公路和莫兰河公路的交叉路口，加油站已被木板钉上了，永久关闭了，在它后面有一大堆乱七八糟的破汽车、破摩托车，还有木板啦，轮胎啦，在这后面是一幢小小的木板房子，它在突然奇怪地出现的阳光中闪烁着，小冰珠子在屋顶上蹦跳……”[1]父亲负债累累，全家人的生活无以为继。走投无路之下，父亲杀死了母亲以及弟弟鲍勃、妹妹雪莉、姐姐吉恩后自杀，杰西侥幸逃脱父亲的枪口。在这个14岁少年的心中，生活和命运为他带来了挥之不去的阴影。虽然后来杰西经过医院的救治恢复了健康，但心灵的伤痕却终身未愈。当他被外祖父接到农场生活，他眼中的世界已经全然失去14岁少年应有的色彩：

1.欧茨著，宋兆霖等译：《奇境》，北京：外国文学出版社，1980年，第8页。

“为什么一切看起来都如此平庸，如此简陋？虽说这儿的天空中充满阳光，这地方看起来却似乎很阴暗，不知怎么地仿佛是阴曹地府、是映在水中的这个现实世界的底层。”[1]

在阴郁的心情之下，杰西和外祖父的矛盾终于爆发了，杰西离家出走，后来被当地颇有名望的彼得森医生收养。他决心发愤读书改变命运，然而，杰西渐渐发现自己所崇拜的彼得森医生内心十分扭曲，在他的变态的人生哲学的教育下，儿子弗雷德里奇刚刚17岁就像个老气横秋的中年人，整天待在屋里不出门；女儿希尔达被塑造成“数学天才”，肥胖的身躯对冰淇淋有着变态的渴望。后来，杰西因为帮助彼得森太太逃跑而被彼得森逐出家门，断绝了父子关系。生活的磨砺使杰西重新认识了自己，第二次世界大战结束时，杰西已经是密执安大学医学院二年级的学生。他希望通过献身医学事业，过上一种与世无争的生活，回避自我与社会的矛盾。然而，社会现实却毁灭了他的幻想。第二次世界大战后，美国经济迅猛发展，但很快就进入了冷战状态。20世纪50年代麦卡锡主义反共运动所推行的间谍审讯、忠诚调查以及对进步人士的迫害，使美国有良知的人们生活在恐怖的气氛中。人们变得谨小慎微、循规蹈矩，人与人之间缺乏沟通和了解。杰西生活在这样的环境中，无名的恐惧常常袭上心头，他希望一个博学的导师为他指导生活的迷津。出于对卡迪博士的崇拜，

1.欧茨著，宋兆霖等译：《奇境》，北京：外国文学出版社，1980年，第58页。

杰西和卡迪教授的女儿海伦结了婚。

战后美国社会最大的变化就是各种民权运动，这在小说《奇境》中也得到了反映。美国女权运动曾在20世纪20年代兴旺过一段时间，但在30年代大萧条时期一度销声匿迹。到了50年代，妇女在各个行业都开始有了一定的地位和一定的权利，女权运动迫在眉睫。杰西的妻子海伦是一个受过高等教育的、具有独立意识的女性，她虽然很爱杰西，但不愿意在精神和肉体上受一个男人的驾驭。她不想生孩子，怕身体发胖，在性生活上也不愿意向杰西屈服……这些都是50年代方兴未艾的妇女解放运动中女性自我意识的觉醒在海伦身上的体现。

60年代，美国社会兴起了“反文化”运动。1950年起的朝鲜战争和60年代的越南战争都以美国的失败而告终，这大大动摇了美国人对自己实力的信心，并激起人们对战争的厌倦之感。肯尼迪总统和马丁·路德·金被暗杀等一系列事件，更使人们对自己的国家、社会，甚至同胞产生了异化情绪。于是，他们反对国家，反对社会，反对战争，以各种方式表达他们对工作、家庭的不满和对科技发展的焦虑。他们的行动、生活方式往往使上一代人大为震惊——他们抛弃了业已受到挑战的传统体制，如家庭观念、性道德、职业道德等。“反文化”在人群中的体现就是“嬉皮士”的出现。嬉皮士整天游荡，不务正业，做出一些惊世骇俗之举。

《奇境》中的两个人物丽娃和谢莉，正是嬉皮士“反文化”运动中的两个女性形象。丽娃·丹克是一个嬉皮士画家的情妇，心烦意乱的生活使杰西移情于前来堕胎的丽娃，并去艺术家营地向她求爱。在一家餐车式饭店里，当杰西向女招待员打听“一个艺术家的聚居地”时，女招待告诉他：“在城外是有一些画家，他们租了古老的凯斯农场……”，“……信箱上可能写着凯斯的字样，他们可能还没有顾得上换掉。那是一个又大又古老的地方，有几个谷仓。……你也是画家吗？他们有一些画家是从城里来的，到这里听课或者做什么事情的。我不知道那里出了什么事情。曾经大吵大闹过，有些事情还没了结，也许是打架啦或者什么的……这些事没有上报——这大概是5个月以前的事情了……”[1]一群艺术家以及似乎和艺术有关的人跟着一个叫马克斯的画家来到偏僻农场离群索居，在混乱肮脏的环境中同吃同住，他们的生活是20世纪50年代嬉皮士生活的一种写照，也是对传统价值观的一种大胆反叛。

杰西非常担心他最疼爱的小女儿谢莉会被外面的世界影响，所以对她的一言一行都严加看管。没想到适得其反，谢莉在父亲的压制下两次离家出走，想摆脱过度的“爱”的管制。她和一个叫诺埃尔的人同居在一起，过起了嬉皮士生活。他们吸毒、群居、堕落，在各个城市间游荡，企图用消灭自我来寻求解脱。后来，当杰西终于在加拿大多伦多找到她时，谢莉已经身染重病，奄奄一息。在寻找谢莉的过程中，杰西遇到了反战大游行，这是20世纪

1.欧茨著，宋兆霖等译：《奇境》，北京：外国文学出版社，1980年，第506页。

60年代全国性的反对越南战争的高潮："4月15日，杰西又开车到了闹市，看人们集会，举行反战示威游行。他下午一早就到了那儿，这样他可以什么都看到。那是相当冷的一个春日，但是人们很快聚集起来了，有几千人之多。绝大部分是年轻人，20来岁的小伙子，10多岁的也成群结队。潮涌般的、四处转动的人群，沉重的脚步声。标语牌在灯光里晃动——停止越南战争！停止杀戮！"[1]

肯尼迪总统遇刺事件也在小说中有详尽的描述："1963年11月22日。……在一家冷饮店里，谢莉、珍妮和母亲一起喝杨梅汁，突然消息传来：肯尼迪总统被刺！人们惊慌起来，一时不敢相信这个噩耗，母亲突然掉头看了看四周，梅厄夫人也住了口。整个地方突然静了下来……（女招待）眼睛直瞪瞪地看着店门，跌跌撞撞地坐到了一张椅子上……此刻其他顾客站了起来，有点迷惑不解，有点惊慌失措，有个人慢慢地取下了身上的餐巾，脸色发白了，神魂不定……一个老太婆悠悠荡荡地从冷饮室走到餐厅当中，两眼发愣……"[2]从这段描述中可以看出，总统被刺对人们的心理和精神产生了巨大影响，主人公杰西也不敢相信总统就这样被害了："杰西一次又一次地感到子弹击中了他自己的身上，击中了头部，脆弱的头部，珍贵的脑部……为什么总是如此：垂危了而后去世了？为什么总是头颅炸裂，脑门炸碎？为什么防守

1.欧茨著，宋兆霖等译：《奇境》，北京：外国文学出版社，1980年，第506页。
2.同上，第537页。

严密还会遭害？沃格尔医生周身冒汗，弄不清这一切的缘由。”[1]

总之，小说通过对历史真实的描述，再现了当时的历史氛围，刻画了杰西这个大萧条时期成长起来的孤儿——一代美国青年的典型代表的形象。他在迷茫、孤独、奋争中寻求自我，却在其所生活的时代背景下举步维艰。杰西32年生命中的每一个脚印，都折射出美国从1939年到1971年这段历史中对应的一个时期。

第二节　转喻的艺术

一、“隐喻和转喻之间，话语别无选择”

结构主义的先驱、著名语言学家罗曼·雅各布森认为，语言就像其他符号系统那样具有双重性。他发展了索绪尔语言学中横组合与纵组合二元对立的观点，指出任何语句的构成都有“选择”和“组合”两轴，这两轴又与两种传统的修辞格即隐喻（metaphor）和转喻（metonymy）休戚相关。雅各布森认为：“与选择相关的是相似性，他暗含了某种替换的可能，选择的过程产生了隐喻，隐喻根植于相似性的替换；与组合相关的是邻近性，它暗含了某种延伸的可能。组合的过程产生转喻，转喻是根植于邻近

1.欧茨著，宋兆霖等译：《奇境》，北京：外国文学出版社，1980年，第547页。

性的修辞和思想手段。”[1]隐喻属于语言的选择轴，当人们说话或写作的时候，会对某些语言单位进行选择并把它们组合成为更复杂的语言单位。选择有可能产生替换，暗示出说话人或作者对相似性的感受，因而产生隐喻。转喻则属于语言的组合轴，它通过语言的连接来表达某种相关的思想。隐喻和转喻是一组对立的概念，隐喻性在于选择和替代，转喻性在于组合和排列，任何话语不是隐喻就是转喻。基于这一点，雅各布森指出：“本质上由连接性促成的散文往往倾向于转喻，而有格律押韵和强调相似性的诗歌则偏向于隐喻。”[2]他又进一步指出：现实主义的传统小说在本质上是转喻性的，而象征主义的作品是隐喻性的。在一般的现实主义作品中，转喻结构居支配地位。这类作品注重情节的叙述、环境的描写，通过转喻来表现人物与环境的关系。而浪漫主义的作品则以隐喻为主导。他们一般很少通过清楚地描写事物的外在调整，来直接表述某种意义，而是尽可能地把要表述的意义隐含在字里行间。

同样，英国学者戴维·洛奇认为隐喻模式由于不顾及词语或上下文之间的逻辑性，因而显示出事物的断续性；相反，转喻模式则反映了世上事物本身存在的连续性：它在叙述上多采用线性结构，并通过选取个别的、典型的事件或人物，表现某一时期的社会历史画面。洛奇在论述伍

1.雅各布森：《隐喻和转喻的两极》，见胡经之等主编：《西方二十世纪文论选》，北京：中国社会科学出版社，1989年，第68页。
2.同上，第72页。

尔夫的艺术形式时，用到转喻式（metonymic）表现和隐喻式（metaphoric）表现这两个术语。他认为转喻往往通过再现式的特征来重铸现实中的具体事件；隐喻则以联想性的诗意的语言表达对世界的感受和看法。

现代主义基本上是隐喻性的话语，它是联系多重世界而产生联想的艺术形式。隐喻模式不顾及词语或上下文之间的逻辑性，因而显示出事物连续性的混乱。现实主义基本上是转喻性话语，转喻模式多采用线性结构，用部分代替整体，因而在连续性上较好。根据雅各布森关于转喻和隐喻的理论，这一章和下一章将从转喻和隐喻的角度对欧茨小说中呈现的现实主义和现代主义特征加以分析。

二、《他们》的转喻艺术

欧茨擅于安排小说的叙事结构，在《他们》中，她主要采用传统的现实主义手法，基本按照时间顺序叙述，线性结构明显，故事的脉络十分清晰。小说的开头从母亲洛雷塔开始，洛雷塔16岁时男友被哥哥枪杀，之后被迫嫁给警察霍华德，生下了儿子朱尔斯和女儿莫琳。这样，叙述的焦点从洛雷塔、霍华德自然过渡到朱尔斯和莫琳，并集中于后者，每一个人物和事件的排列都有条不紊。其间欧茨还不断插入其他视点，但总是很自然地重新回到朱尔斯和莫琳身上，形成两条交替出现的主线，这两条线索又有若干连接点，构成统一的情节。这种多视点的叙述方式使《他们》在线性结构下完成了对温德尔家中每一个人物的逐一透视。

欧茨在转喻的手法下还注重情节的叙述和环境的描

写，通过典型的人物和环境，表现特定的历史画面。欧茨在叙事时不断揭示情节发生的精确时间和地点，并按照时间和空间的顺序将它们组合排列起来，完成转喻艺术。因此，她讲的虽然只是一个家庭的故事，但总是使人联想起这30年中的美国历史。例如，开头写洛雷塔照镜子："1937年8月的一个热烘烘的傍晚，一位堕入情网的姑娘伫立在镜子前面。"[1]既交代了故事叙述的起始时间，又增加了逼真的效果。再如，描写莫琳坐上在图书馆认识了三周的陌生男人的车："……他们离开大街来到了停车场。……他颤巍巍地把车开出了伍德沃大街，全速前进，……他驱车经过朝圣者公园。……他的汽车驶过了州立集市广场。……"[2]作者交代的行车路线十分清晰，似乎莫琳这个人物正在穿越底特律市区。

此外，欧茨十分注重细节的描述，这也是传统现实主义转喻结构的一个典型特征。在小说的构思上，欧茨有一个别出心裁的创意：她声称，《他们》的产生，是由于自己收到了在底特律教书时一个夜校学生的信件，这个学生叫莫琳·温德尔，整部小说就是根据莫琳的大量回忆和信件写成的。尽管欧茨在《重温〈他们〉》这篇文章中说："1962到1967年，我确实在底特律大学教英文，也确实教过可能类似'毛丽恩·温达尔'那样的夜校学生——但毫

1.欧茨著，李长兰等译：《他们》，南京：译林出版社，1998年，第3页。
2.同上，第226页。

无疑问，毛丽恩是我的虚构，她的‘长篇’回忆和信件也是我的虚构……”[1]但是，虚构这样的细节，无疑成功地模糊了现实生活与作者虚构之间的界限，当时有很多读者写信给欧茨问莫琳和朱尔斯现在的情况怎样，甚至有一个妇女承认她爱上了朱尔斯，尽管她的婚姻并非不幸。

欧茨说：“尽管所有文学风格都是一些成规，所有文学都是技巧，我们很容易承认作为艺术方式的神话、传奇、幻想等都是’不真实的’，而是‘象征性的’；我们不大可能承认真正的现实主义艺术是一种成规，或一种作者的策略。当我们选择以现实主义方式写作时，我们希望获得一种逼真的效果，通过这种效果，读者和作者中止他们的怀疑，毫不犹豫地接受创作技巧。（作者也必须说服他或她自己，这是否显得令人惊讶？事实上，在任何艺术作品的创作中，这是首要的、最困难的策略。）使理想的读者不仅相信作者努力描述的真实，而且还相信原创性、价值和‘象征的’意义，使作为作者/读者的自己也深信不疑，这对任何艺术的努力都是巨大的挑战，虽然这一点很少得到承认或加以讨论。”[2]从这个意义上，《他们》通过转喻的艺术获得了欧茨所强调的现实主义小说的“逼真效果”，用“真正”的生活构建了小说的基础，使朱尔斯和莫琳的命运超出了个体意义，成为20世纪30至60年代美国一个特定阶层——“他们”的代表。

1.欧茨著，徐颖果主译：《直言不讳：观点和评论》，武汉：长江文艺出版社，2006年，第299页。
2.同上，第298页。

三、《奇境》的转喻艺术

在1972年的一次访谈中，欧茨把《奇境》称作自己创作过程中的分水岭："随着《奇境》的问世，我结束了一个人生阶段，尽管我当时并没有意识到这一点。我想要达到一个更富表现力的道德境界，不单是戏剧化地描述一些恶梦般的问题，而是努力表现一些超越它们的可能途径。"[1]从欧茨40多年的创作生涯来看，《奇境》不仅结束了她人生的一个阶段，也是其小说创作的分水岭和过渡期，标志着作家艺术观和社会观的转变。20世纪70年代前后是欧茨创作思想的过渡期，这段时期的创作宣告了作家颠覆了孤立的个体化艺术观，同时，在艺术与社会、公众与文化传统之间寻求关联的艺术观诞生，体现了作家更为强烈的社会道德意识。

首先，在内容上，《奇境》展示的也是20世纪30年代末到70年代初美国的社会变迁和美国人的生活；在艺术手法上，揭示人物空虚的精神生活和复杂的内心世界方面有所加强，意识流手法的运用也更为突出，较多地呈现了荒诞、梦幻、象征以及内心独白等现代主义色彩的技巧。但是，欧茨这个阶段创作思想的根基主要还是现实主义，因此，《奇境》仍是采用线性结构的转喻方式，按照时间顺序描画主人公杰西从1939年到1971年32年间的人生历程及其为寻求自我所做的种种努力和尝试。从14岁成为父亲枪口下幸存的孤儿，到被外祖父、姨妈收养，到收容所，再到成为彼得森医生的养子，最后与卡迪博士的女儿海伦结

1.CLEMENS W. Joyce Carol Oates：Love and Violence. Jackson：University Press of Mississippi，2008，p.39.

婚，杰西一生的艰辛坎坷对应着美国社会从30年代末到70年代初的起落沉浮。

其次，与《他们》一样，《奇境》也非常注重细节的描述，并通过转喻手法表现人物与环境的关系，这是现实主义转喻结构的明显特征。为了使小说更接近历史真实，《奇境》通篇点缀着报纸剪辑、新闻报道和新闻标题。例如，彼得森医生收养杰西之前曾和杰西有过一次谈话，他把一张从报纸上剪下来的剪报交给杰西：

彼得森医生捋平剪报，杰西读道：

儿子逃脱

持枪行凶的父亲

合众社纽约尤凡尔镇讯 十四岁的杰西·哈特，在他父亲用一枝0.12口径的猎枪朝他开火时，从家里逃出。他是星期五他的六口之家中唯一的幸存者。

不仅这个情节和现实生活中的某个凶杀案如出一辙，而且报纸的报道形式在小说中表现得十分逼真，让读者感到似乎正在阅读一份新闻报纸。

最后，《奇境》中转喻结构的支配地位，还体现在它“用部分代替整体”，用杰西的命运折射出从1939年到1971年的美国历史。杰西在他的人生道路上每向前迈进一部，美国历史就进入一个新时期。小说开始的历史背景是美国20世纪30年代的经济大萧条。在大萧条的摧毁下，父亲的加油站倒闭，杰西一家家破人亡，14岁的杰西成了孤儿。几经漂泊，杰西被著名医生彼得森收养，本可以从此告别不幸的生活，但第二次世界大战开始了。“二战”中犹太人经历的大屠杀让彼得森医生更加坚信尼采的超人哲学，他执意要把杰西培养成为自己合格的“接班人”。然而，由于对彼得森太太的同情，杰西终于被彼得森医生逐出门外。接着，“二战”结束，杰西成为密执安大学医学院的学生。杰西希望成就一番事业，同时，也希望用疯狂追求事业的办法逃避生活中的矛盾和不幸。“二战”之后，美国很快陷入冷战。50年代的麦卡锡主义使包括杰西在内的所有人都生活得谨小慎微。与卡迪博士的女儿海伦结婚后，杰西在婚姻中找不到憧憬中的幸福，只能继续用拼命工作排遣烦恼。1963年肯尼迪总统被刺，接着美国又发生了一系列暴力事件，嬉皮士“反文化”运动也在这时兴起，社会陷入持续的动荡之中。杰西的女儿谢莉空虚堕落，吸毒群居并沦落异乡。在1971年纽约先锋出版社推出的精装版中，杰西用五百美元从“丈夫”诺埃尔手中“买”回了垂死的谢莉，诺埃尔接受金钱后逃走。杰西带着女儿上了一条小船，整夜在湖面上漫无目的地漂荡，直到被救起。在1973年康涅狄格州福西特公司出版的平装版中，欧茨对结尾作了一次较大的改动：杰西极力控制住自己，没有枪杀诺埃尔而放他逃走，随后与女儿展开对话。对话中，谢莉反复指责父亲“是恶魔”，而全文则以杰西的反问：“我是恶魔？”戛然而止。杰西穷尽一生也没能实现他的“宏伟蓝图”，最后对自己作为人的本质都发生了怀疑。杰西的努力以失败而告终。小说出版后欧茨说："这是我写的第一部没有用暴力作为结尾，没有通过暴力来解放主人公的小说，因此小说仍然被一种令人不舒服的、绝望的、困惑的气氛笼罩着。"[1]这种"不舒服""绝望"和"困惑"不是杰西个人的悲剧，它代表了美国从20世纪40年代到70年代令人不安的30年。

1.BELLAMY D J. The Dark Lady of American Letters. The Atlantic Monthly，1972，p23.

第三章 欧茨创作的现代意味
——《狐火：一个少女帮的自白》和《我带你去那儿》

第一节 心灵真实

以《他们》和《奇境》为代表的欧茨早期小说，带有明显的19世纪现实主义的特点，到20世纪70年代以后，她小说中的现代主义成分越来越多，特别是20世纪80年代以后，随着现代主义在文学上的影响越来越大，欧茨作品也越来越多地充满着时代的气息。她借鉴国际上流行的诸如“魔幻现实主义”等新手法，进行大胆的文学实验，甚至不惜通过冒险来达到她思想的演进，用更为实用的方法，将艺术作为一种了解个人和社会问题的工具。

由于兼具作家和学者的双重身份，欧茨谙熟西方文学经典与文学理论，这使她在创作中能够自觉运用西方理论展开文学实验，将现代主义因素与传统文学中的浪漫主义和哥特派手法相结合，在揭示人物复杂的内心世界和幻想世界上，达到了艺术中的“心灵真实”。因此，欧茨的写作风格在文学史上常常被称为“心理现实主义”。

一、《狐火：一个少女帮的自白》

1996年，加拿大密尔顿区高中的一个十二年级男生把英语课上用到的一部小说带回家，结果引起他父亲杰克·休伊斯曼的强烈不安。休伊斯曼联合一些学生的父母，组织“父母反对有伤风化教育”团体，呼吁政府禁止在学校使用这本书。团体成员们向当地家庭派发了6万份长达16页的传单，以想象得到的最耸人听闻的笔调抨击此书。传单中摘录了这本小说中令休伊斯曼深感冒犯的骂人脏话和思想，父母们大声呼吁：“看看里面就会看到我们的孩子在密尔顿区高中都在看些什么书。”“该小说充其量只不过是从美国进口的廉价的性交手册罢了。”传单还指责小说赞美了其中主角的同性恋行为，指控校方“滥用权力把不厌其烦的性交强加给他们社区”，“教师则是在利用这种教材准备和录取受害者”。校方据理力争，指出该小说适合十二年级学生，应该继续作为该校高级英语计划的一部分。专门为此争端成立的，由当地教育工作者和另外一所中学管理人组成的地方评论委员会于1997年初发布评判结果，裁定支持该书。

这本在加拿大引起轩然大波的小说，就是欧茨1993年推出的长篇小说《狐火：一个少女帮的自白》。它被认为是欧茨“情感最强烈和最不惜笔墨”[1]的小说，评论界赞扬它是一部“屡屡引人入胜，又一再让人震惊的关于女性复仇、英勇和坚毅的小说”。[2]1993年《狐火：一个少女帮的自白》出版时，出版者曾这样评价它：“欧茨的作品具有一种坚忍不拔、目的明确的亲切感和巨大的动力，将我们彻底地带进那些让人迷惑的场景中，而那些场景戏剧性地表现了女性的力量、挑衅的狂喜以及由自由落下回到世俗的漫长过程。在她的第22部小说《狐火：一个少女帮的自白》中，欧茨，这位多产作家女皇，充满了清新的激情和惊人的创意——而这一切都源于她那光芒四射、无穷无尽的活力。”[3]

《狐火：一个少女帮的自白》是20世纪50年代生活在纽约州北部的一个蓝领小镇上，5位贫穷的白人少女组成的帮派兴衰的历史记录——一个滴血盟誓的姐妹组织的秘史。这是一部残忍而抒情的小说。讲述了一帮豆蔻年华的少女第一次面对性骚扰的愤怒爆发，到用女色勾引劣男而获取金钱来过享乐生活的故事。她们在一个充斥着酗酒、失业和针对女性的暴力社区里成长，也从未在这个世界占有一席之地。这个世界仿佛从来就是要诋毁她们、毁灭她

1.欧茨著，闻礼华，金林鹏译：《狐火：一个少女帮的自白》，武汉：长江文艺出版社，2006年，本卷序，第1页。
2.同上，第1页。
3.同上，第2页。

们，因此5位少女结血为盟。起初她们是为了保卫自我，共同抵御世俗社会的压迫，后来为了自豪感、为了权力、为了向世界复仇而献身，最后她们急剧滑向暴力和犯罪之路。正是在暴力、性虐待、剥削和复仇的场景中，蕴含着这部小说最强大的力量：细腻地描写了把“狐火”帮的少女们联结在一起的纽带——尤其是故事的叙述者马迪和“长腿”之间的纽带。《休斯顿邮报》把《狐火：一个少女帮的自白》看作是“对逼迫其最弱小的成员把法律掌握在自己手里的社会的有力控诉”，并指出“小说还探讨了帮派生活的悲剧性特点以及受压迫的年轻女性是如何相互关联的”。[1]

欧茨在为富兰克林图书馆第一版写的专文中说过，在她创作这部小说的几个月里，心里的书名是“我的哈克·费恩”。半个世纪以来，享有“美国文学之父”美誉的马克·吐温创作的《哈克贝里·费恩历险记》，一直被认为是美国当代文学的开端。海明威说：“一切当代的美国文学都来自马克·吐温的一本书，即《哈克贝里·费恩历险记》……它是所有书中最好的书。它是所有美国作品的源头，它之前没有作品可以和它相比，它之后也还没有作品能和它媲美。”[2]《哈克贝里·费恩历险记》讲的是美国男孩的故事，而《狐火：一个少女帮的自白》讲的是一个关于美国少女的故事。欧茨说：“我以前从未写过在叙述上如

1.欧茨著，闻礼华，金林鹏译：《狐火：一个少女帮的自白》，武汉：长江文艺出版社，2006年，文集总序，第20页。

2.HEMINGWAY E. Green Hills of Africa. New York：Scribner's，1935，p.22.

此充满传奇性和冒险精神又直面现实的小说；我以前从未写过像日记那样重现一个故事的小说，也从未写过青少年在其中表达得如此坦白、如此诙谐、至少在我听来如此富有诗意的小说。马迪·沃尔茨，马迪-猴子，我的年轻的替身，是个正直可靠的叙述者。就像哈克贝里·费恩叙述自己的故事那样，马迪会得到读者的充分信任——她说的是真话，她对自己和对待别人一样毫不留情。小说里发出的是青少年的声音——有充足的理由对大多数成人，对一切既定事物都不信任。'狐火'帮的马迪和她的姐妹在她们的头领'长腿'萨多夫斯基的魔力的感召下，凭其少年的未经检验的乐观主义——她们的'美国性'——类似于哈克贝里·费恩。那天真烂漫的热情的品质，那过去不会给未来投上阴影的感觉，比我们拥有更悠久历史的欧洲人羡慕我们的一种品质，也是我在自己身上发现的一种品质，这种品质如今在我身上似乎并不比我在马迪的年龄时弱，在许多方面与她并无多大不同。做一个'美国人'就要感到你的生活可以通过自己的行动来改变——你只需行动。"[1]

正像所有的文学作品在一定程度上、一定意义上都可以视为作者的自传，从上面的叙述可以看到，《狐火：一个少女帮的自白》的感情起源是作者对自己青少年时期的生活以及那种"天真烂漫"的青春"品质"的留恋，也是源于自己在纽约州北部的少女时代的深刻记忆。故事置景

1.欧茨著，闻礼华，金林鹏译：《狐火：一个少女帮的自白》，武汉：长江文艺出版社，2006年，文集总序，第21页。

于一个虚构的城市哈蒙德，那也是欧茨更早的小说《因为它苦，因为它是我的心》故事发生的地方。这座城市兼具洛克波特和布法罗这两个城市的许多特征。欧茨少女时代在乡村的家就地处这两座城市之间，但距洛克波特更近。她的许多亲戚都生活在洛克波特，20世纪50年代欧茨就在那儿坐公交车上学。

欧茨的童年尽管有过与父母生活在一起的美好回忆，但如前文所述，贫困的生活和农场里粗暴野蛮的男孩子也曾在她的心灵中投下挥之不去的阴影，许多事情让童年的欧茨感到恐惧而又不得不每天去面对。四年级的时候，欧茨还经历过一次“性暴力”。直到1993年，这件事还会出现在她的记忆里，就好像是几年前才发生的一样。而这一年，正是《狐火：一个少女帮的自白》发表的那一年。

欧茨说：“洛克波特陡峭的小山，即便是那儿破旧不堪的街道、公园和公交车站，尤其是从市中心穿流而过的埃里巴奇运河的辉煌存在——让与现实相抵触的青春期的梦想进行戏剧性的测试，还有更浪漫的场景吗？就像对马迪来说那样，对我来说，‘回忆时间’的棱镜使我得以用一种我生活于其中时难以想象的方式面对20世纪50年代初的记忆。并不是这部小说是自传性的或者是自白——除了其感情层面。”[1]她视这部小说中的浪漫故事为“我的一片心”。这也许是欧茨对《狐火：一个少女帮的自白》的

1.欧茨著，闻礼华，金林鹏译：《狐火：一个少女帮的自白》，武汉：长江文艺出版社，2006年，文集总序，第22页。

意味深长的注解。

这是一部有着鲜明的现代主义特色的现实主义作品。它仍然以现实主义为基调，通过历史现实主义方法再现了美国历史的某个片段。小说采取了一个特定的时间视角，由已到中年的前‘狐火’帮成员马迪·沃尔茨用第一人称开始讲述：“事实上，我是‘狐火’的正式记录者。我用一台打字机完成这些文字，并按日期列条目，整整齐齐，把它们装订在一个活页夹里。于是，我这个唯一被信任的人，把我们所做的一切写成了文字，为我们留下了永久的记录。”[1]

实际上，马迪就是欧茨青年时期自我的心灵缩影。在《狐火：一个少女帮的自白》第一版出版时，欧茨这样写道：“马迪·沃茨，或者马迪-猴子就是年轻时那个改变了的自我，是一个直率的、可信赖的讲述者。就像哈克贝里·费恩讲述他的故事一样，使读者完全相信马迪所讲的故事……当我还在马迪这个年纪的时候，在许多方面我跟她没有什么不同。”[2]因此，欧茨在描述社会现实的时候更注重个人的主观感受、立场，从自己的内心体验出发勾勒她笔下人物的心灵世界。

马迪长得“骨瘦如柴”，并且“是一个被认为是有写作天赋的人，而且聪明可爱。‘狐火’帮为我感到骄傲，因为我在学校写作课上总是得高分”。[3]欧茨14岁时祖母

1.欧茨著，闻礼华，金林鹏译：《狐火：一个少女帮的自白》，武汉：长江文艺出版社，2006年，第3页。
2.同上，文集总序，第21页。
3.同上，第5页。

送她一台打字机，她开始有意识地进行写作训练，一本接一本地写，一直写到中学毕业。马迪这个形象无疑是作者自身在人物身上的投射。

为了揭示人物复杂的内心世界，欧茨进行了细致的心理刻画，反映出“狐火”帮少女在充满暴力的世界中内心的焦虑、躁动和不安。例如司令“长腿”-萨多夫斯基以及“狐火”帮其他成员，她们时时处于恐惧、兴奋和不安中。

小说有一个精彩的开端：“千万千万不要说出去，马迪-猴子。她们曾经警告我，如果你告诉他们任何人，就得死。可如今事隔这么多年后，我要说出来了，还会有谁来阻止我呢？”[1]这段话除了表明过去时的叙述，还给故事笼罩了一层神秘紧张的气氛。这帮13到17岁的少女身处男性为主宰的世界里，受到男人们的骚扰和迫害。“长腿”萨多夫斯基半夜从马迪家的窗子爬进来，她被警察追捕，她已经好多天没有进食，甚至睡觉时也不敢脱衣服，“她总是睡着都准备随时逃走”。[2]在长腿的眼中，“世界就是一个化粪池，所以，你得保持让你的头伸出池面，你他妈的最好学会游泳”。[3]她们一开始非常害怕，因为自身所处的社会中永远找不到安全感。因此“狐火”开始了疯狂报复。为了团结一致，她们滴血结

1.欧茨著，闻礼华，金林鹏译：《狐火：一个少女帮的自白》，武汉：长江文艺出版社，2006年，第3页。
2.同上，第14页。
3.同上，第10页。

盟，身上文上了狐火的标志。“这个标志是用血来做的，渗出的血滴，痛苦的血滴，针刺的痛苦，留在了马迪左臂苍白的细肉里。于是她咬紧牙关，不哭，也不喊，更不像戈尔迪那样鬼哭狼嚎，装模作样，一脸的汗；也不像兰娜那样缩头缩脑，一个劲地傻笑；也不像丽塔那样拼命咬着下嘴唇，全身发抖。她知道毁伤她的身体，是痛楚的、愚蠢的行为，然而事实上，这却是甜蜜的感觉：我的心里充满了幸福，多么快乐，多么开心啊！”[1]她们“头晕目眩”“热烈兴奋”“人人陶醉”“个个欢喜”，[2]少女们痛苦的身体仪式竟然给她们带来了心灵上的巨大快乐。后来她们不惜牺牲自己的肉体，展开了更疯狂的计划——弄到100万美元——她们试图远离法律，对欺压她们的男性世界进行疯狂报复。这样一个非法之帮，燃烧得像“狐火”一样轰轰烈烈，闪逝得又像天空的流星。欧茨发出“青少年的声音”，少女们以她们特有的方式与成年人操纵的世界顽强对抗。

虽然小说讲述的是一帮坚强反抗的女孩子们的故事，但欧茨本身并不是一个女权主义者。她说：“我自己的女性主义是我信仰人人平等的一个自然延伸——女人应该和男人一样同工同酬，也应该享有同样的机会。在我的作品中，女性主义有多方面的含义：我经常从女性的视角写作，对那些被剥夺选举权的人们给予巨大同情，同时对年

1.欧茨著，闻礼华，金林鹏译：《狐火：一个少女帮的自白》，武汉：长江文艺出版社，2006年，第28页。
2.同上，第29页。

轻一代给予特别的关注。”[1]

二、《我带你去那儿》

2002年出版的《我带你去那儿》描写的是20世纪60年代早期的故事，它是一部女性体验和心理探索小说。作者用第一人称和内心独白的手法描写一个女大学生从肉体到精神的探索之路。书中的女孩子似乎没有姓名，她出生不久母亲就死了，从此她生活在缺乏爱的环境里。上大学后，为了寻找姐妹情她加入了女生联谊会，结果被开除；她爱上了一个哲学系黑人研究生，又陷入了一种无望而病态的恋情中，最后心碎地离开了这个男人；后来她隐居写作，听说已经死去的父亲还活着，但是生命垂危，很想见她一面，于是她就独自驱车赶往那个遥远的神秘的地方……

这是一部怀旧之作。欧茨的许多小说常常有一种浓郁的怀旧感，怀念自己童年在故乡的岁月和青年时期的求学生活。这部小说源于20世纪50年代末期（1956—1960年）欧茨在锡拉丘兹大学学习哲学和英语的时光，欧茨曾指出小说中女主人公个性的自传体依据，女主人公是一个孤独的“内向直觉型”的哲学系女大学生，她没有姓名（阿尼利亚并非真名），欧茨说，那是因为“我很难给她一个名字。如果我把

1.译自欧茨回复作者的邮件。原文是：My own “feminism” is a natural extension of my belief in the egalitarianism of all peoples - women should be paid for their work exactly as men are paid, and should be offered the same opportunities. In my writing, the “feminist” strain is self-evident: I very often write from the female perspective, with immense sympathy for the disenfranchised and the very young, in particular.

我的名字给她，那显然是错误的；但如果她有一些别的名字，似乎也不十分正确，因为她跟我没有什么不同”。

那是一个特殊时代的缩影。欧茨在小说开头写道：“在60年代初的那些日子里，我们还没长成女人，只是女孩，把这看作我们的优势并没有讽刺意味。”[1]20世纪60年代初不仅小说的主人公是学生身份，欧茨也刚刚结束在锡拉丘兹大学的学习。欧茨说，非常令人惊讶的是，当她40岁的时候，她还能清晰地回忆起自己在这个阶段的生活。她说：“对我来说，这是非常令人兴奋的事情，要记住这么多具体的事情绝非易事，从人行道上的绿苔到房子上的常青藤，都出现在我的记忆里。”“我记得在锡拉丘兹兴奋而紧张的每一天。”[2]她曾经深情地回忆锡拉丘兹的冰川景观——一种由奇异的山丘组成的雕刻般的风景。由于比邻大西洋，那里的天空经常布满云雨。《我带你去那儿》中如此描绘了锡拉丘兹的天空：“锡拉丘兹的天空经常是阴沉忧郁的，似乎隐藏着秘密，压抑着情感。云层从来都不像是一幅平面的风景画，而是聚集在一起，巨大无比，凹凸有致，分分合合，上下翻腾；云的色彩很少是白色的，很少是单色，而是纷繁杂陈的灰色：深灰、浅灰、青灰、铁灰、紫灰；神秘的阳光从云层后射出来，又迅速隐去。若是下雨或骤雨初歇，一切或变得湿滑润泽、

1.欧茨著，顾韶阳译：《我带你去那儿》，北京：人民文学出版社，2005年，第3页。

2.Greg J. Invisible Writer：A Biography of Joyce Carol Oates.New York：Penguin Putnam，1998，p.60.

清爽如洗，或沉郁沮丧，或闪烁着乐观、希望之光。”[1]这就是主人公阿尼利亚生活的城市。母亲生下她18个月后因乳腺癌去世，阿尼利亚很小就失去了母爱，家里人都怪她害死了母亲。在众人冷漠、憎恨的目光中，她逐渐形成了孤独、自闭的人格。由于性格内向，她只得从书本中寻找慰藉，因此能获得一笔奖学金进入锡拉丘兹大学学习。

阿尼利亚常常觉得孤独，因此入学后很想加入卡帕女生联谊会，寻找姐妹情、寻求温暖。“姐妹，我多么渴望有亲姐妹。从一年级起，我就带着毫不掩饰地羡慕和惊叹，渴望大多数同学所拥有的农场大家庭生活。就算姐妹互相争吵——姐妹哪能不吵架——这事实恰恰说明她们是姐妹。”[2]她常常望着卡帕宿舍楼，心中充满神往：“我注视着黄昏的爬满常青藤的墙面和高大的白圆柱，眼神里充满渴望和向往。……我会成为卡帕会员吗？我想。我——我！我一定会的。这似乎不太可能，可又必须是可能的。不然，我怎么继续下去？”[3]欧茨的记忆中也清晰地浮现过女生联谊会那特别醒目的、“具有古老的新古典主义风格”[4]的建筑：它在空气中显得古旧、沉重、黑暗，并且相当阴郁。十八九岁的女孩子走入这座房子，就感觉像被人催眠了一样。阿尼利亚经常以同样“忧郁”的感觉，坐在图书馆翻阅哲学杂志，欧茨看来，那些杂志涵盖

1.欧茨著，顾韶阳译：《我带你去那儿》，北京：人民文学出版社，2005年，第7页。
2.同上，第16页。
3.同上，第5页。
4.同上，第5页。

了人生的“真实”。也许在图书馆的某一个房间里，会发现某些不可动摇的真理。

加入联谊会以后，阿尼利亚在宿舍的一个房间里遇到了从伦敦来的舍监塞耶夫人，由于缺少母爱，她希望能从这位“眼神中流露着和蔼、微笑和自信的”[1]英国女舍监那里得到母爱般的温暖，然而，塞耶夫人不可以随随便便地接近，也始终不知道阿尼利亚的名字，甚至跟她谈话都必须遵守一套所谓的仪式，她在宿舍楼底层的住处更是禁地。为了保护塞耶夫人不在众人面前出丑，阿尼利亚在众目睽睽之下承认塞耶夫人的书报是她弄乱的（其实根本不是她干的），还在校友会上承认自己是犹太人，惹来一片哗然，最后被逐出姐妹会。

阿尼利亚的心理历程也是欧茨大学时代青春心理的真实写照。欧茨是家族中第一个上大学的人，高中毕业后，她成为班级中11%的幸运儿中的一个，凭着一笔奖学金进入锡拉丘兹大学学习。尽管锡拉丘兹离自己的家乡只有150英里，但入学后的欧茨还是和多数同学一样想家（terribly homesick）。她孤独的心渴望着友谊的滋润。第一年她就住进了“更像个家、更有保护性”（more homelike，protective environment）的“新生小屋”（freshman cottages），并和卡罗尔·诺斯（Carol North）结为朋友，成为形影不离的亲密伙伴。几乎和阿尼利亚的经历相同，欧茨也加入联谊会，后来搬入一个名叫“斐

1.欧茨著，顾韶阳译：《我带你去那儿》，北京：人民文学出版社，2005年，第11页。

沐”的女生公寓（the Phi Mu house），甚至也有一个来自英国的女舍监。比阿尼利亚幸运的是，欧茨在这里交上了罗瑞·尼格瑞治、多蒂·帕玛等亲密的朋友。

阿尼利亚渴望友情和亲情的愿望全部落空了。她转而寻求爱情，费尽心机地希望在毕业之前能找到可以托付终身的丈夫。在伦理学课上，她第一次听到马休斯与任课教授辩论的声音，就被“他的声音、他的语言、他出众的才智”[1]深深吸引，狂热地爱上了他：“我能够爱你，只有我能够爱你。我唯一的存在就是能够爱你。除了我，还能有谁？”[2]甚至当她的指尖碰了碰马休斯的夹克的脏衣袖时她都会感到激动无比：“我热血沸腾，用指尖碰了碰双唇，吻了吻这曾经碰过沃诺·马休斯那件夹克的脏衣袖的指尖。我再也不会入眠。那一刻我几乎要死去，我太快乐了。……我还在笑，还在笑——我真的好快乐。”[3]但马休斯是一个对任何事物都持怀疑态度的人，一直不接受她的爱。阿尼利亚感到非常“孤独”，甚至“想去死”。但她却“没有勇气让自己离开他。他越是鄙视我，想抛弃我，……我就越想靠近。我无法去想别人，也不愿去想别人”。[4]由于阿尼利亚的执着，马休斯勉强接受了她，和他出入餐馆，引来无数白人的白眼和羞辱，但阿尼利亚还是坚持着。由于迈德加·埃文斯被刺，马休斯大病一场，阿尼利亚悉心照顾了他一个星期，希望加深他们之间的感

1.欧茨著，顾韶阳译：《我带你去那儿》，北京：人民文学出版社，2005年，第116页。
2.同上，第120页。
3.同上，第122页。
4.同上，第143页。

情。但是意外发生了，马休斯洗澡时，她帮他整理房间，无意中发现一张照片，才得知马休斯已有家室。恰巧，马休斯洗完澡出来，见到这一幕，勃然大怒地把她赶走了。结局看似偶然，实际是一种必然。女主人公经历了痛苦的心路历程，她想从另一个也在寻找自我的人身上找到依靠，无异于缘木求鱼。这次几近变态的畸恋从一开始就注定着失败。

小说的最后部分“出路”写的是阿尼利亚去见自己奄奄一息的父亲。曾被认为“意外身亡”的父亲又突然有了消息，他还活着，可是快要死了。父亲盼着阿尼利亚见他最后一面，但不允许她看见自己垂死的样子，只许她背着身。在和父亲最后相处的短短几天里，阿尼利亚笼罩在死亡的阴影里，过去的一幕幕在脑海里萦绕，她想起了自己凄惨而又孤独的岁月，想起了自己这许多年寻找依托、寻找自我却支离破碎、遍体鳞伤。现在面对奄奄一息的父亲，这个她心里头一直默默怀念的人，她似乎找回了过往生命里的片段，然后一点点地把它们连缀起来。父亲走了，她也就得到了新生，找到了活着的勇气。

第二节　隐喻的艺术

在欧茨的文本世界里，现代主义的小说技巧一直是她积极探索的对象。她一直在寻找一种恰当的表现模式透视人物的心灵，以达到更高意义上的真实。欧茨以极大的热情把笔墨倾注于小说人物的心态、情绪和感情，以至外部世界仿佛成了背景式的衬托，这强化了小说在人物心理上的开掘力度。这与许多现代小说的艺术追求相一致。更进一步的是，她把人物的心理描写和隐喻式的表现手法结合起来，使小说具有一般作品难以到达的深度。

赫尔方教授说："文学家并不把他们的意图强加于书页之上，相反他们创作开放性的、暗示性的文本，正如有缺口的墙需要读者去补"。[1]虽然在小说的整体布局上欧茨采用了转喻性的语言，但在具体的片段描写中她却以隐喻式的语言、"暗示性的文本"大力探索人物的内心世界，更加注重对人物的内宇宙的开掘，注重更真实地反映人物完整的内心世界，对心理描写的手法也更加丰富（如内心独白、意识流、梦幻描写等），以象征性的情节体现创作思想，寻找表象下的真实，寻找生活的本质意义。

在欧茨的小说中，人物、物象和故事往往都有某种象征寓意，甚至某个名称都不是作者随意拈来而是具有深刻寓意的。例如，《他们》的书名本身就是一个隐喻式的名称。在构思小说之初，《他们》最初被欧茨命名为《爱和金钱》，是一些经典书名，例如《傲慢与偏见》《罪与罚》《红与黑》等的反讽式变体。但"当我自己沉浸在温达尔一家的生活中时，我肯定会发现这个书名过于明显地

1.MICHAEL S. A Reader's Guide to ReadingLiterature. In STRAUSS P，KENNETH S，YAUKEY D（eds.）. Perspectives in American Studies：A Reader by American Scholars in China. Shanghai：Shanghai Foreign Language Education Press，1996，p.235.

主题化和简单化。因为《他们》既是对重新想象、重新塑造自我（无限适应的自我）的美国梦的赞歌，同样也是关于爱情和金钱的征服。《他们》这个书名是我凭灵感想到的，它狡诈地暗示事实上存在着他们和我们。在我们这个民主国家，他们是一个我们能够以怜悯、敬畏、嫌恶和道德优越感凝视的范畴，就像穿过一个深不可测的深渊；某个他们尚未完全文明化，然而急于在阶级中'上升'；某个他们构成理想的、可塑的、永远天真和满怀希望的美国梦的产品的消费者。小说中的他们是贫穷的白人，通过种族（和种族主义）的区分与他们的近邻贫穷的黑人和拉美人分开。"[1]可见，一个简单的代词，被作家赋予了关于爱情、金钱、阶级、种族等多方面的内容和暗示，既代表了朱尔斯、莫琳在社会中所处的低下的社会地位以及和其他阶层的对立关系，也肯定了他们对美国梦的追求，这是欧茨小说中隐喻象征手法的一个典型运用。

尽管欧茨声称自己对纯虚幻的东西不感兴趣，但她也承认"在小说领域，无一例外只有字面的真实。当我们开始探讨任何想象作品的引力场时，我们必然会假定现实如何变形，'真实的'东西也会变成某种丰富而奇特的东西。"[2]在"字面的真实"之后，艺术家正是通过隐喻的手法使作品成为具有象征意蕴的"丰富而奇特的东西"。下文将以《我带你去那儿》为例，具体分析欧茨作品中的

1.欧茨著，徐颖果主译：《直言不讳：观点和评论》，武汉：长江文艺出版社，2006年，第269页。
2.同上，第298页。

隐喻和象征。

可以说，《我带你去那儿》是一部对女性体验和心理探索的小说。欧茨运用第一人称和内心独白的手法，追溯了女大学生阿尼利亚（Anellia）从肉体到精神的探索之路。而其中的隐喻和象征，作为对主体进行心理探索的工具，加深了作品的思想内涵和哲学思辨色彩。在心理小说中，意识占据核心的地位。它经常运用内心独白的手法，但这种独白并不只是作者或人物自己的声音，而是一种对话的平台，是作者、人物和相关的人和事的一种心理交流活动。它推动叙事，这种叙事往往是无意识的回忆活动，其根据相似性而不是连贯性的经验，运用隐喻的联想，会引起感觉的关联。因此，使用隐喻的语言，就成了心理小说的一个重要特征。

在西方，隐喻（metaphor）是一种特殊的语言过程，指把一个对象的意思传送到另一个对象上，对象彼此之间具有同“类”和“相似”“相象”。其实，也就是中国古代所称的“隐语”，即不把要说的意思明说出来，而借用别的话来表示，也类似我们所言的“谜语”。亚里士多德说：“巧妙的谜语可以提供美妙的隐喻，因为隐喻含有谜语的意味。”[1]而象征，就是赋予抽象的概念以具体的形象。韦勒克在《文学理论》中指出，象征就是“甲事物暗示了乙事物，但甲事物本身作为一种表现手段，也要求

1.亚里士多德著，罗念生译：《修辞学》，北京：生活·读书·新知三联书店，1991年，第154页。

给予充分的注意”。[1]隐喻和象征就是通过这种“谜语”和“暗示”，在相异的事物中产生丰富的联想，解读事物表达的深度意义，由有限性达到无限性与永恒性，从而获得超验性。由于隐喻和象征的不确定性、多义性和多元性，人们在解读的过程中常常进入深度意义的空间，从而获得审美的愉悦。

一、女性自我身份的缺失

《我带你去那儿》的主人公是一个非常模糊的人物形象，她身世如谜，行动如谜，似乎只存在于自己的意识中。

这个无名女孩首先当然是欧茨关于自我的隐喻。如前文所述，欧茨的这部小说是以20世纪50年代末期她在锡拉丘兹大学的求学生涯为依据创作的。与其说阿尼利亚是故事中的女主人公，不如说是另一个版本的作者自己。她没有名字，因为作者无法给她命名：“既不能把自己的名字给她，又觉得她不是别的什么人。”欧茨大学时代所经历的青春期的孤独、绝望以及对友情的渴望在阿尼利亚身上都得到了体现。但小说更深刻的意义在于：这个被她的“黑人情人”称作“阿尼利亚”女孩身份的不确定性，象征着女性自我身份的缺失。

纵观数千年的人类文明史，无论西方还是东方，都写满了对女性的压制。西蒙·波伏娃曾引用亚里士多德的话说：“女性之所以是女性，是因为她缺少某种特质，我们应当看到，女性的本性先天就有缺陷，因而在折磨着

1.韦勒克、沃伦著，刘象愚等译：《文学理论》，上海：三联书店，1984年，第204页。

她。”[1]这种认为女人先天有“缺陷”的观念在男权制度下占统治地位已久。

阿尼利亚是小说的叙述者和主人公，这个人物一出场，致命“缺陷”就被描述出来：41岁的母亲生下她后死于癌症，她被全家人认为是害死母亲的罪魁祸首。因此，祖母、父亲和三个哥哥都对她很冷漠。她似乎连确切的名字都没有。虽然她的母亲给她起过洗礼名字，但没有人用她的名字称呼她，甚至她的父亲都称呼她为“你”：“他似乎忘了我的名字，从不叫我的名字，叫‘你’就够了。我也只能指望他叫一声‘你’”，父亲“从不吻我”[2]，当他吸烟时，“要是我壮着胆子眯起眼睛或是咳嗽几声或是轻轻地摆摆手来驱散烟雾，父亲会立刻直截了当地说：‘你不喜欢烟味儿，最好到别处去。’”[3]父亲外出打工，往家里打电话时，哥哥们挨个儿和父亲通话，“我排在亨德里克后面焦急地等待，想和父亲说上两句。但每次我还没拿起听筒，父亲就‘硬币用完了’，‘被接线员挂断了’”[4]。这些描述不仅是对女主人公心理上的惩罚，它还具有更丰富的象征意蕴：女性在强势的男性文化主体的包围下，深陷孤独、无奈和焦虑，她们无力反抗，最终只能失去自我。尽管“我一直努力着想给父亲惊喜”，

1.西蒙·波伏娃著，郑克鲁译：《第二性》，上海：上海译文出版社，2011年，第23页。
2.欧茨著，顾韶阳译：《我带你去那儿》，北京：人民文学出版社，2005年，第21页。
3.同上。
4.同上。

“在学校里，我保持着全‘A’记录。在班级的公告牌上，我的姓名后面总是缀着闪亮的红星，我的照片还常被刊登在斯特里克斯维尔的周报上”[1]，但父亲的态度并没有多少转变。在孤独和绝望中，“我”终于大声喊出了下面的话：“如果我没有出世，那该多好啊。”[2]这句话道出了女性生存的艰难处境，这个男性社会不能容纳她们，女人一出生，就注定要在这个男权社会中进行艰难的生存挣扎。

那么，女人是“天生”具有“缺陷”的，还是后天“形成”的？西蒙·波伏娃给出了这样的回答：“女人不是天生的，而是后天形成的。任何生理的、心理的、经济的命运都界定不了女人在社会内部具有的形象，是整个文明设计出这种介于男性和被去势者之间的、被称为女性的中介产物。”[3]弗吉尼亚·伍尔夫在其名作《一间自己的屋子》里，运用她的想象力虚构了一个叫作朱迪丝·莎士比亚的人物，即文学家威廉·士比亚的妹妹。她天资聪颖，才华横溢，希望成为一个文学家，但因为是女孩，因此没有其哥哥那样的运气可以接受教育，也未能在伦敦发展自己的文学事业。为了逃避父母强加给她的包办婚姻，她逃到伦敦以求发展，但被坏人引诱而怀孕，最终走投无路自杀了之，被埋葬在乡野的十字路口。

1.欧茨著，顾韶阳译：《我带你去那儿》，北京：人民文学出版社，2005年，第23页。
2.同上，第24页。
3.西蒙·波伏娃著，郑克鲁译：《第二性》，上海：上海译文出版社，2011年，第9页。

《我带你去那儿》中的阿尼利亚尽管没有像“莎士比亚的妹妹”那样悲惨的结局，但也有着一系列不幸的经历：随着年龄的增长，她离开了没有爱的家庭，被强行卷入生活当中。她加入女生联谊会，被逐出华丽的宿舍，与黑人哲学研究生恋爱，又无望地结束……在这个过程中，她的身份始终是模糊和不确定的。在卡帕联谊会的宿舍里，她被女舍监称为“玛丽•爱丽丝”；在举行入会仪式时，连自己都在想：“我怎么会在这儿？这是什么地方？这些陌生人是谁？她们是我什么人，我又是她们什么人？”[1]她能做的只是努力维持自己惨淡单调的真实生活，将它依附在五颜六色的生活上面。当她作出选择，要改变自己，努力去寻找自我的时候，收获的却是更多的迷惑和挫折。

关于女主人公名字的隐喻，欧茨在构思时别具匠心，在小说的很多细节上赋予其象征意义：父亲把她称为“你”；在卡帕联谊会的宿舍里，她又被女舍监称为“玛丽•爱丽丝”；她苦心追求的黑人恋人叫她奇怪的名字“阿尼利亚”；而欧洲哲学课上的教授也“忘了她的名字”，“这张名单上没有，所有的名单上都没有。学校里没有她的注册，宇宙间没有她的注册”。[2]到最后，“我咬着嘴唇，不喊出自己的名字。可是突然，我忘了我的名字”。[3]阿尼利亚内心中对自己名字的遗忘，她那消失

1.欧茨著，顾韶阳译：《我带你去那儿》，北京：人民文学出版社，2005年，第34页。
2.同上，第74页。
3.同上，第74页。

了的“宇宙间的注册”，是她作为女性在成长过程中最真实、最无奈却又最残忍的一幕，她渴望被环境包容，但环境忽视和抗拒她；她希望确认自我，但自我身份始终处于缺失状态。她高度发达的心智使其无法漠视现实的痛苦，接受环境的压制，所以必须对抗女性在现实世界中遭受的扭曲的命运，开始艰难的自我身份认同。

二、女性自我身份的认同

在菲勒斯中心主义（男权中心主义）占绝对优势地位的父权社会，女性的自然的天性受到父权社会价值观的规范和限制。菲勒斯中心主义以二元对立的方式，塑造出一系列的男女二元对立项：阳与阴，男人与女人，理性与情感，强壮与柔弱，勇敢与懦弱，心灵与肉体等，这一系列二元对立无不将男性置于优等地位，将女性作为参照的“他者”而存在，以绝对的差别构造出男性的权威，男性之为男性必须借助女性这个“他者”来对比。女性是异己的，外在的，地位卑贱的。女性作为一个亚文化弱势群体在父权社会的成长史，实际上就是女性作为菲勒斯中心主义的他者的混合文化身份认同的过程。

“身份认同主要指某一文化主体在强势与弱势文化之间进行的集体身份选择，也由此产生了强烈的思想震荡和巨大的精神磨难，其显著特征，可以概括为一种焦虑与希冀、痛苦与欣悦并存的主体体验。我们称此独特的身份认同状态为混合身份认同。”[1]《我带你去那儿》的主人公经历了这种“焦虑与希冀、痛苦与欣悦并存”的“巨大的

1.陶家俊：《身份认同导论》，《外国文学》，2004年，第2期。

精神磨难”，欧茨同样是用隐喻的艺术形式表现这种身份选择的过程的。

首先，阿尼利亚的家庭是男权社会的隐喻：除了年迈的祖母，家里全是男性：祖父、父亲和三个哥哥。她不仅排行最小，地位也是最低的。父亲冷落她，带着“淡淡的厌恶感”避开她。哥哥们欺负她：“他们恨我来到这个世界上，因为我的出世导致了母亲的死亡。但是他们又觉得我只是小女孩，不值得他们敌视。”[1]“我的哥哥们一直嘲笑我，还有我的痛苦。在他们看来，我一直就是个骗子。如果你问他们是否希望我生下来，他们会异口同声地回答：‘不！’”“来月经时，我的哥哥们看我的眼神会变得更加厌恶。”[2]在这种父权制阴影的压迫下，阿尼利亚的心灵遭受了巨大创伤，常常感到孤独、绝望和压抑，周围的人都嫌恶她，她没有一个精神上的同伴。“所以——我渴望姐妹……如果艾达（母亲）留给我一个姐妹，我们就是两姐妹了！我会永远幸福的，我想。”[3]当她去锡拉丘兹读书时，她也“不怎么想家”，常常思念的却是母亲艾达——这个只在照片中见过的母亲。在男权社会的包围下，她越来越感到自卑，甚至觉得自己的身体也是肮脏的，是不同于别人的另类。当她看见年长的女孩在衣帽间里脱外套露出身体时，她的心理有一种难言的窘迫：“你可以看出这些女孩是同类，这些女孩

1.欧茨著，顾韶阳译：《我带你去那儿》，北京：人民文学出版社，2005年，第18页。
2.同上，第58页。
3.同上，第26页。

是‘女性’；一个个正在迅速发育的个体站在那里，或挑衅，或自豪，或漠然。我看得发窘，转身走开了；我发窘不是觉得自己细长的身材有什么不妥或是低人一等，而是因为我是另外一类人。我绝对不属于那类人，我是一个边缘亚种女孩。”[1]“我知道我的身子并不招人喜爱，所以我也不是一个招人喜爱的女孩。”[2]尽管三个哥哥经常恐吓她，她却“崇拜”他们，“仰视”他们，甚至为他们而“着迷”。她似乎成了西蒙·波伏娃所描述的“第二性”，证明着男人作为主体的存在和地位。这种精神磨难造成的更可悲的结果，就是在父权制文化标准的强制下，她渐渐将这种强制的东西内化为价值取向来衡量自身。由此产生了种种自卑心理，甚至在爱情的追求中都表现出了逆来顺受。但知识和教育又使得她不能放弃对自我的追寻：“我不愿把自己当作一个躯体，但又必须以某种方式对这个躯体负责。”[3]所以这种内心的冲突在阿尼利亚身上就表现得更为尖锐和痛苦。

其次，阿尼利亚与黑人研究生的畸恋象征着女性对自我的追寻。

欧茨对女性身份的探讨不仅仅局限于表现人物在男女权利关系中的内心冲突和困境，而是让女主人公置身于生活的各个层面，展示其在对自我追寻中逐步成熟的过程，

1.欧茨著，顾韶阳译：《我带你去那儿》，北京：人民文学出版社，2005年，第107页。
2.同上，第108页。
3.同上，第107页。

从而使小说具有女性成长史的意味。

阿尼利亚追寻自我的第一步是谋求经济的独立。弗吉尼亚·伍尔夫在《一间自己的屋子》中这样写道："一个女人要想写小说一定要有钱，还要有一间自己的屋子。"[1]"钱"和"屋子"是一种象征，是妇女没有经济地位和创作自由的生存状态的写照。不仅是写小说的女性需要经济的独立，在男权制度下，任何一个女性要获得思想的自由，都必须改变低下的经济地位。

进入锡拉丘兹大学后，阿尼利亚勤奋学习，图书馆是她经常去的地方，她如饥似渴地阅读各种书籍。在卡帕宿舍，她甚至躲进地下室的阅览室里读书。"在锡拉丘兹的第一年，……我的心思全在学习上——在兼职上——或是畅游在浩瀚的令人敬畏的书海中。在斯特里克斯维尔我从没想过会有一家真正的图书馆，像大学图书馆那样，我可以成年累月如痴如醉地漫游在它的书架间。"[2]她靠奖学金生活，几乎没有零花钱。除了读书，就是打工赚钱维持生活："在大一加入女生联谊会前，我经常得每星期工作10小时来贴补开销，……尽管我已是节衣缩食，生活简朴，身上穿着从家里带的打折衣服。大二那年秋天，我搬进联谊会宿舍楼，这样我每星期就不得不至少工作20小时。于是一整个下午我在教务主任的办公室里打字，晚上

1.弗吉尼亚·伍尔夫著，王还译：《一间自己的屋子》，北京，三联书店，1989年，第2页。
2.同上，第40页。

和周六则在大学图书馆的书库里整理书架。”[1]可以说，尽管亲情的缺失在阿尼利亚的心中造成了无法弥补的伤痛，但对知识的渴求和勤奋的工作又多多少少给她带来了对未来的希望。虽然“困难重重”，但这个瘦弱得常常被认为是高中生的女大学生一直“奋力求生”，铭记“适者生存”。为了找到真正的自我，她终于带着对爱情的憧憬和迷惘陷入情网。

尽管一开始就是虚幻的，阿尼利亚还是在19岁5个月时不可救药地爱上了一个哲学系的黑人研究生——沃诺·马休斯。仅仅因为在伦理课上马休斯回答问题的声音，阿尼利亚就爱上了他。“那个冬天，多少次出神地在笔记本上写下：沃诺·马休斯、沃诺·马休斯……蓝色的墨迹像午夜的天空。沃诺·马休斯循着指甲渗入我的肌肤，渗入我柔嫩的前臂，渗入我的掌心。”[2]尽管马休斯是个黑人，但在“我”是通过他的声音、他的语言、他出众的才智来认识这个人的，所以对“我”来说，沃诺·马休斯的种族并不是他的显著特征。……现在他的种族这一事实（如果种族真是个事实）在“我”眼里已经不如他的其他品质那么值得注意了。相反，这些品质之所以值得注意就是因为它们是沃诺·马休斯的品质。这种心理表面是对爱情的狂热和盲目，实际上是阿尼利亚对埋藏在内心深处的自我的追寻，无论是学习、打工，还是加入卡帕联谊会

1.同上，第37页。
2.欧茨著，顾韶阳译：《我带你去那儿》，北京：人民文学出版社，2005年，第112页。

甚至陷入情网，她始终无法放弃潜意识中那个充满个性的自我。从18岁离开家开始，她就“不知道我是谁，又会成为谁。……在锡拉丘兹，我机缘巧合用碎片拼凑成完整的个性；就像祖母用碎布胡乱拼接起来的被子。你不会对碎片追根究底，只会关心如何精明地使用它”。[1]这段话具有丰富的暗示性：在陷入对马休斯的爱情后，阿尼利亚最关心的就是“如何精明地使用”那些“碎片”去吸引他，让他爱上自己。她甚至想起了父亲的赌徒哲学：既然希望渺茫，不如全拿出来赌一把。阿尼利亚关心的不是爱情的过程，她更关心爱情的结果，因为这个结果可以证明她作为女性的吸引力，爱情只是她完成自我追寻的一个手段。因此，后来她的种种超出常规的表现就不足为奇：花“巨资”买衣服、做发型以引起马休斯的注意，为了让对方爱上自己不惜用“性”来吸引他，他“越是想抛弃我，我就越想靠近他”。[2]但潜意识里，阿尼利亚还是无法放弃那个根深蒂固的“我”，她一直在寻找的是“自己”，而不是“爱情”。当阿尼利亚向往已久的与沃诺的“性接触”到来时，身体终于出卖了她：“无奈我生理上有一种恐惧，不自觉地将身体紧紧关闭。令我沮丧的是，尽管我很想爱他，可我还是紧闭身体；尽管我很想爱他，想向他打开自己，但我做不到。”[3]她的爱情失败了。

1.欧茨著，顾韶阳译：《我带你去那儿》，北京：人民文学出版社，2005年，第128页。
2.同上，第143页。
3.同上，第175页。

三、女性的自我救赎与重生

《我带你去那儿》的最后一部分是“出路”，这个标题象征着女性的自省、救赎和重生。这部分开头的第一句话寓意深刻：“给瓶子中的苍蝇指点出路？那就打破瓶子吧。”[1]那么，“苍蝇”和“瓶子”的含义是什么？我们可以在前文与之呼应的段落中找到一些答案。在第二部分“黑人情人”的21节，作者写道：“出路。为瓶子中的苍蝇指点出路是路德维希·维特根斯坦一生的希望。而事实是，人类却不愿从瓶子中出来。瓶内的一切令我们倾心着迷，光滑如镜的瓶子爱抚、安慰着我们，也禁锢了我们的经历与抱负。瓶子就是我们的皮肤，我们的灵魂；我们已适应被玻璃扭曲的视线，我们不愿失去这层障碍，不愿看个真切；我们无法呼吸新鲜空气，也无法在瓶子外面生存。”[2]这段富有哲学意味的论题显然在用“苍蝇”和“瓶子”隐喻着人类与社会的关系，人类为环境所禁锢，却渐渐成为环境的奴隶，在精神上依附它，失去了生存的能力。而对于女性来说，外面的“瓶子”象征着男权世界，尽管女性希望逃离，但是却在男性标准的潜移默化下，渐渐失去了女性的身份和意识。正如著名的法国女性主义者西蒙·波伏娃指出，女性生活在一个按照男性观念建立起来的世界中，其生活准则是根据男性的愿望建立起来的。如果女性想成为主体，就必须打破男性在思想意识

1.欧茨著，顾韶阳译：《我带你去那儿》，北京：人民文学出版社，2005年，第241页。
2.同上，第189页。

上的统治，并能意识到她们的自身价值，才能独立并真正过上自己的生活。

阿尼利亚通过一次突发事件认识了生命对于女性的真正意义。暑假的时候，阿尼利亚在佛蒙特州的伯灵顿附近租了一间屋子埋头写作，哥哥亨德里克电话告知她一个惊人的消息："死去"多年的父亲还活着，但是快要死了。阿尼利亚独自驱车赶往2500英里外的犹他州的克莱森特——父亲所在的地方。一路的艰辛，让她发现了自身从未有过的坚强；一路的风景，让她感觉有生命的风正吹进她的心灵，使她从东部那个孱弱的女子成长为眼前西部这个完全不同的女性，她决心承担起以前从未想过的责任："在克莱森特，我决心成为这个女子，父亲的女儿。"[1] 在和父亲最后相处的短短7天里，她始终笼罩在死亡的阴影里，过去的一幕幕重现，她想起来自己多年来寻找依托、寻找自我，已变得疲惫不堪、支离破碎。但此时，她的内心已经变得强大起来："此生此时我们已经经历了多次，我们还未被击败，我们有足够的能力忍受，只要我们说是。"[2]阿尼利亚找回了过往生命的片段，并把它们一点一点地连缀起来，多年积郁在心头的重负终于不翼而飞。父亲走了，在安葬父亲的那一刻她获得重生，找到了活着的勇气。更重要的是，在历经炼狱般痛苦的洗礼和蜕变之后，她找回了她自己。她人终

1.欧茨著，顾韶阳译：《我带你去那儿》，北京：人民文学出版社，2005年，第251页。
2.同上，第260页。

于从生存与精神的双重困境中走出来，获得了灵魂的重生，完成了自我身份的认同。

第三节　实验性：现代主义的多种方式

20世纪70年代后期特别是80年代以后，欧茨的小说创作手法发生了明显变化，她不满足于用传统的现实主义方法进行创作，进行了大胆的写作实验，尝试了现代主义的多种写作手法。1980年，她在和《纽约时报书评》的记者谈话时，曾明确表示："在我们生气勃勃的美国文学里，现实主义者早已与超现实主义者结下了不解之缘，在80年代，作家们将反对将它们分类。"[1]早在20世纪70年代，欧茨就已经不满足于用传统的现实主义方法来描绘现代人的生活，开始用各种各样的新手法进行复杂的写作实验。其作品较多地吸收了内心独白和意识流的手法以及象征主义、黑色幽默、怪诞、戏仿等现代派技巧，并大量地运用了弗洛伊德的精神分析理论，使其后期作品带上了浓重的实验色彩。1975年发表的《刺客们》的开头，竟是通过婴儿的内心独白来描绘他在母胎里的感觉。1978年发表的《黎明女神的儿子》也是用意识流手法反映人物的无意识的内心世界，艺术效果较好。到了八九十年代，这种实

1.欧茨著，宋兆霖等译：《奇境》，北京：外国文学出版社，1980年，译者序，第3页。

验性得到了进一步表现。1981年发表的《光明天使》充满象征隐喻和意象，结构的跳跃性也很明显。1982年发表的《布勒兹摩传奇》，用近似黑色幽默的讽刺手法和模拟维多利亚时期女作家的笔调，描写了五姐妹的生活遭遇。20世纪90年代以后发表的《黑水》，意识流写法也很明显，被书评家认为是欧茨最优秀的作品之一，可以和《他们》媲美。

在这些用现代主义手法的各种写作实验中，欧茨小说最突出的是意识流手法的运用。下文以《我带你去那儿》为对象，对这种创作手法进行分析。

如前文所述，欧茨的小说以隐喻的语言勾勒了一个意蕴丰富的世界，作为一个“心理现实主义”大师，欧茨在对主体进行心理探索的过程中，常常以隐喻的语言突出意识流。

英国著名意识流小说家弗吉尼亚·伍尔夫（1882—1941）说过，作家的创作如果是基于自己的感情，就不会产生传统意义上的“情节”“喜剧”或“悲剧”，也不会有常规风格的爱情描写和悲惨结局。她用形象的语言将意识比作一个从开端到结束都被一个闪光的圈所包围的半透明物体，而小说家的任务就在于描述意识的这种复杂的、陌生的状况。伍尔夫认为意识本身就是一种美学，一种人人都生活于其中的诗化的幻象。

意识流是心理学家使用的一个概念。它是19世纪由美国实用主义哲学创始人、心理学家威廉·詹姆斯（1842—1910）创造的，用来表示意识的流动特性。詹姆斯说：

"意识在它自己看来并非许多截成一段一段的碎片。乍看起来，似乎可以用'链条'或'系列'之类字眼来描述它，其实，这是不恰当的。意识并不是一节一节地拼起来的。用'河'或者'流'这样的比喻来描述它才说得上是恰如其分。此后再谈到它的时候，我们就称它为思维流、意识流或者主观生活之流吧。"[1]詹姆斯提出的"意识流"概念，首先强调了思维的不间断性，认为它像河流一样不停流动，没有空白；同时，詹姆斯也强调了思维的超时间性和超空间性，它不受时间和空间的制约，能自由地将过去、现在和未来衔接在一起，具有纯主观性。正如英国著名意识流小说家劳伦斯强调的那样，我们不能把时间看作沿着一条直线向前发展的，我们必须放弃自始至终"向前—向前—向前"的思维方式，让众多的意象参与进来，让思想沿着多个方向循环运动。后来，意识流这一概念影响了文学家，并被他们借鉴到文学领域，作用于作家的创作，从而导致"意识流"文学的产生。

实际上，意识流文学产生的原因有多种，詹姆斯的心理学理论只是其中之一。与其他现代主义文学流派产生的缘由一样，意识流文学也是20世纪西方资本主义高度发展的结果。在新的社会经济结构体系中，西方非理性哲学和现代心理学又为意识流文学创作提供了理论依据。首先是法国哲学家柏格森（1859—1941）的非理性主义生命哲学，他强调直觉是认识世界本体的唯一依据。他认为，世

1.朱立元主编：《二十世纪西方文论选》上卷，北京：高等教育出版社，2002年，第50页。

界的本体是“生命冲动”，即“意识的绵延”，宇宙中的万物是这种“生命冲动”的外在表现形式，“生命冲动”是宇宙运转的唯一动力。因此，靠理性分析永远不能把握世界的本质，只有依靠直觉才能获得实在的知识，才能认识世界和解决社会的一切问题。在柏格森看来，文学中的潜意识应该成为文学主要的表现对象，文学家要打破传统的时间概念，深入人物的内心世界，甚至潜意识的领域中去，按“心理时间”结构作品，把握理性不能提供的东西。另一位对现代主义文学，尤其是对意识流文学影响深远的理论家是奥地利心理学家弗洛伊德（1856—1939），他对潜意识和无意识的充分肯定无疑是为意识流文学创作思想张目。他的精神分析学说中关于潜意识和无意识的理论，对“人是理性动物”的传统观念进行了彻底反驳。弗洛伊德认为潜意识是人的生命力和意识活动的基础，人的一切行为的动机全部出自人的性本能；人的性本能会受到社会规范及道德理性的约束，使人充满了矛盾冲突。作家的创作活动就是冲破理性，发挥本能冲动的过程，借此释放受到扼制的本能。这一思想为小说家运用意识流手法来展示人的内心世界，并通过展示人物的意识活动来完成小说叙事提供了理论依据。小说中的意识流，是指小说在叙事过程中对于人物持续流动的意识过程的模仿。具体说来，也就是以人物的意识活动为结构中心，围绕小说中人物的意识中心，将人物的观察、回忆、联想的全部场景与人物的感觉、思想、情绪、愿望等，交织叠合在一起加以展示，以“原样”准确地描摹人物的意识流动过程。小说中人物的意识表面看来似乎是随机产生的，没有什么逻辑性，但它们又按照一定的规律将小说中的时间、空间顺序重新安排，形成无序的有序性。西方现代小说史上，如詹姆斯·乔伊斯、弗吉尼亚·伍尔夫、福克纳、卡夫卡等作家，都以成功地运用意识流而闻名于世。

欧茨小说的意识流主要呈现出以下两方面的特征：

一、注重表现人物潜意识的内心世界

意识流文学重在表现人的意识领域，因此作家的叙事角度与传统文学相比也发生了改变：意识流小说的叙述焦点由外部描写彻底转向内心活动的呈现，即人物的意识流动过程的直接呈现。法国叙述学家日奈特在《叙事话语》中沿袭韦勒克和沃伦所创造的“叙述聚焦”一词，划分出的“零聚焦”“内聚焦”与“外聚焦”等几种类型的叙事方式，与现实主义文学全知全能的“零聚焦”叙述方式不同，意识流文学多选择“内聚焦”的叙述角度。内聚焦的含义是叙述者与人物知道的情节一样多，小说所展示的仅仅是某个人物或某些人物的所思所想、所见所闻，全然不同于传统现实主义小说中叙述者全知全能、无所不在的“零聚焦”方式。在采用内聚焦的文学作品中，叙述者必须跟着人物走，小说所涵盖的宽度和广度完全由人物的视角来决定。人物视点消失，所叙事物的有序性也应中断。同时，意识流文学在展现人物的意识领域的过程中，又把重点放在展现人物的下意识、潜意识和无意识，特别是潜意识中。

20世纪七八十年代以后，欧茨的小说创作也具有“向内转”的倾向，更注重对人的精神世界的描绘和挖掘。虽然她的作品主要以现实主义为基调，不能把某部作品直接称作意识流小说，但作者在叙事的同时，却能够将意识流手法娴熟地运用其中，在一种风格和另一种风格之间自由转换。按作者自己的说法是：“把两种不同体裁的结构融合在一起，一种是以想象力为中心的诗的结构，另一种是以叙事和描绘为中心的人物间相互关系的结构。”[1] 作为一个作家，欧茨的成长和成熟期是在20世纪六七十年代现代主义、后现代主义文学迅猛发展并达到高峰的时期，置身于这股文学潮流中，欧茨的独创性表现出鲜明的时代印记，她从各种现代派技巧中学习、借鉴和吸收，融合成自己独特的创作特点。她说：“对一个有丰富想象力的作家来说，现在确实是最好的时光。今天的大多数作家已从讲故事的束缚中解放出来：现在我们已能在艺术中采用荒诞的幻想、超现实主义甚至一些神秘的和只有童话里才有的东西。”[2]意识流手法是欧茨实现这种“幻想”、探索和实验的一个重要手段。在运用这种手法时，她又特别注重对人物的下意识、潜意识和无意识心理的挖掘，这在心理小说《我带你去那儿》中表现得尤为明显，欧茨不但采用了第一人称的叙述视角，而且把潜意识和无意识的心理活动贯穿情节的始终。

1.欧茨著，宋兆霖等译：《奇境》，北京：外国文学出版社，1980年，译者序第3页。
2.同上。

《我带你去那儿》的情节并不复杂，主要是女大学生阿尼利亚对亲情与爱情的追求与失落。小说的结构也非常简单，分为“忏悔者”—“黑人情人”—“出路”三部分。在这三部分中，女主人公无声的意识活动始终是作者着意表现的对象。无论是对景物的描写还是对事件的铺陈，甚至是穿插全文的哲学名言，都渗透着人物内心世界的苦苦求索。有时人物的心理和意识活动甚至不再是一种描写方法，不再附着于小说情节之上成为达到某种艺术效果的手段，而是作为具有独立意义的表现对象出现在作品中，而情节则退隐在小说语言之后。

例如，在第二部分的开篇，作者引用了斯宾诺莎的名言，把读者引入一种内在的、充满象征意义和想象空间的语境中：“我要分析人的行为和欲望，就像我分析线条，分析平面，分析立体图形。”[1]接着，作者没有展开任何情节，而是通过对马休斯·沃诺的声音的描写，展现了女主人公内心朦胧迷幻、相互矛盾、似梦非梦的潜意识活动：“……一个富有逻辑、充满理性、信念坚定的声音，一个语意讽刺、欺哄诱骗的声音，一个极具诱惑的声音，一个高傲狂妄的声音，一个青春冲动的声音，一个偶尔犹豫、迟疑不决的声音，一个挑衅、恼人、困扰的声音，像一条龇牙咧嘴、意欲进攻的狗；一个机警的声音，一个说着现在且听我说，我就是那个对你说的人的声音；一个谦逊的声音，一个（故作）谦逊的声音，一个锋利如刀

1.欧茨著，顾韶阳译：《我带你去那儿》，北京：人民文学出版社，2005年，第97页。

刃、残酷无情的声音，一个温暖如黄油的声音，一个低回沙哑如长号的声音，一个受伤的声音，一个悲哀的声音，一个痛苦的声音，一个渴望的声音，一个狂怒的声音，一个强劲狡猾如一条偶然瞥见、闪闪发光的蛇的声音，一个如果我是男子而非女子而希望拥有的声音，一个即使我生来不是男子而是女子仍希望拥有的声音，一个如此渗入我意识，以至于在大二时的晚冬，开始在我最鲜活、最折磨人、也最累人的梦里浮现的声音。”[1]这段话通过多组截然不同的声音的对比，展现了阿尼利亚对马修斯非常矛盾的心理：既亲近又陌生、既崇拜又怀疑、既想接近又有些惧怕、既亲切又怨恨。这种充满矛盾的梦境是女主人公潜意识的生动反映。

心理分析派的创始人弗洛伊德曾把心灵比喻为一座冰山，浮出水面的是少部分，代表意识，而埋藏在水面之下的大部分，则是潜意识。他认为人的言行举止，只有少部分是意识在控制的，其他大部分都是由潜意识所主宰，潜意识主动作用于人的各种行为，人却没有觉察到。《我带你去那儿》的主人公阿尼利亚从出生开始就生活在男性世界中，父亲和几个哥哥对她的疏忽、冷淡和仇视使她从小对男性充满了敌意，大学生活开始后，孤独而缺少亲情的她一方面渴望爱情，一方面又惧怕爱情的施予者——男性。所以在无数个睡梦中，阿尼利亚都会梦到两种截然相反的声音，一种亲切，一种冷漠；一种美好，一种可憎。

1.欧茨著，顾韶阳译：《我带你去那儿》，北京：人民文学出版社，2005年，第96页。

这和其幼年的生活经历是有直接关系的，母亲早逝、周围男权世界的欺压——幼年不幸的经历已使她无法形成健全的人格。

在《精神分析引论》中，弗洛伊德通过对精神病人症候的分析发现：每一病人的症候都使自己执着于过去生活的某一时期。就大多数的病例而言，这个时期往往是生活中最早的一个阶段，如儿童期或甚至于早在吸乳期。可见，一个人童年时期的生活对整个人生会产生多么巨大的影响，阿尼利亚在大学二年级时不断重复出现的梦境就是一个很好的明证。

二、以心理时间为主导的时空变异

意识流文学不按照客观现实时空顺序或事件发展过程结构作品，而根据意识活动的逻辑、按照意识的流程安排小说的段落篇幅的先后次序，从而使小说的内容与形式相交融。人物意识渗透于作品的各个画面中，起到了关联作品结构的作用。

人的意识是复杂的，理性与非理性共存。其中有明确、完整的意识，也有朦胧、片段的意识；有言语层的意识，还有尚未形成语言的即言语前阶层的意识；等等。这些意识混杂在一起，交替出现，因而从中很难找到逻辑规律。而时间颠倒、空间重叠也就成为意识世界常有的情形。意识流文学要真实展现人的意识流动，就必须打破现实时空的局限，作品的内容不能按照正常的时空顺序一一展开，而是按照有别于“空间时间”的“心理时间”来表现意识的流动过程。

由于作家打破了传统小说的条理和顺序，重新组建时空秩序，如实地呈现了小说人物在感观、刺激、记忆和联想等作用下出现的那种紊乱的、多层次的立体感受和意识的动态，所以读者能始终体验作品人物所经历的那个时刻——心理时间。欧茨的《我带你去那儿》最后一部分“出路”中的第7节，描写女主人公阿尼利亚在犹他州的七天。父亲去世前不久的一天，在躁动不安的心绪下，她驱车前往离克莱森特几英里远的格林河露营地。在炎热的天气中，阿尼利亚似乎是睡着了，她的意识开始自由漂浮，模糊不清：“这儿太寂静了，充满诱惑，似乎有一个法力很大的精灵占据在这儿，我既害怕又渴望走进去。一阵微弱的声音召唤着我，像是在安慰我，要不就是在嘲笑我。现在他把你召唤到这儿，一定有原因！”[1]接着，众多的景象出现在她的面前：“我看见半山腰有一道蓝色火焰在闪烁，但凑近一看，原来是一个破碎的瓶子。我看见一个苍白的扭曲的雕塑品，但凑近一看，原来是野兔的尸骨。我看见一匹小马驹在一条干涸的小溪边的三齿蒿中吃草，但凑近一看，原来是胶合板活塑料什么的。我看见穿着T恤衫的男孩，T恤衫上写着星星有多高、梦想有多远，但凑近一看，是太阳照在岩石上使我产生的幻觉。……我的视线变窄了，仿佛戴上了眼罩似的。太阳穴跳个不停。”[2]在这幅类似超现实主义的画像中，阿尼利亚的

1.欧茨著，顾韶阳译：《我带你去那儿》，北京：人民文学出版社，2005年，第277页。
2.同上，第278页。

眼前又出现了熟悉的人物："热浪滚滚的悬崖上出现了一个女人的侧影，像是希尔迪·珀默洛伊，弯曲的背绷得紧紧的，像一张拉紧的弓，这是一具变了形的人体，但千真万确是人，但当我凑近一看，原来是一块至少长20英尺的岩石。但恍恍惚惚之中，我仿佛觉得它只有女人一般大小。"[1]接着，主人公的意识不断向前流动，浮想联翩："我见那岩石，泛起阵阵涟漪，像沙又像是水；我看见涌动的水流是自然的本质，就像我们欲火焚身时，被卷入这样的漩涡，这漩涡一浪一浪无情地穿过我们的身体，消耗我们的精力，然后将我们抛弃，只留一具空壳。"[2]然后，"我又一次感觉到头天晚上悄悄来到我和希尔迪身旁的那个男子的漫不经心、游移不定的眼睛，心里兴奋不已。他叫埃里？如果我没听错，他的名字应该是里奥。我太累了，眼皮耷拉着，神志不清，也听不清楚，因为咖啡馆里一片嘈杂，欢笑声、叫喊声、电视里体育节目的吵闹声混在一起。……"[3]这些接踵而来的种种幻觉，显示出意识流动的不间断性，阿尼利亚沾满汗水的头脑里，连接起虚幻的现实与遥远的未来。

1.欧茨著，顾韶阳译：《我带你去那儿》，北京：人民文学出版社，2005年，第278页。

2.同上。

3.同上。

第四章　传统与现代之间

欧茨除了作家身份外，还是美国普林斯顿大学文学艺术学院的教授，任文学写作课教师。由于兼具作家和学者的双重身份，她的文学创作和其他作家比起来有明显的不同。作为学者，她谙熟各种文学理论并出版了多部文学评论；作为作家，她又能在写作的过程中自觉运用某些文学理论实现自己的创作意图。这两种身份的结合，使欧茨的文学创作独具个性，最终在某种意义、某种程度上重新定义了文学。置身于后现代主义的大潮中，欧茨并不是后现代主义文学的代表作家。但身处后现代时期的浪潮中，她不可避免地受到了各种后现代主义思潮的影响，一定程度上参与、开创或借鉴了元叙述、互文性、戏仿、拼贴、断裂、颠覆、碎片化、去中心化等后现代主义文学的新手法。与此同时，她有别于通常意义上的后现代主义作家，能较为辩证地看待后现代主义诸问题，并没有沉溺于极端的后现代主义文本、文字游戏，没有身陷后现代主义思潮中的虚无主义，没有把语言表现得荒谬、无条理、不合逻辑、甚至毫无意义，没有否定语言的象征力量，没有以嘲笑的态度表现一切，没有让读者在阅读文学作品时会产生的正常期待都落空。从欧茨的作品中可以看到，她的创作经常采用现代主义和后现代主义的各种形式和技巧，但现实主义始终是其作品的主要基调，她游刃有余地游走在现实主义和现代主义之间，游走在“传统”和“现代”之间，并创造性地改变了某些文学传统和种类。本章第一节以她的哥特小说为例，分析欧茨对传统哥特小说的超越和创新；第二节分析欧茨是如何在传统的超验主义之下透视现代人的内涵的。

第一节　新哥特小说——《鬼魂出没》

“哥特”（gothic）这个词在英语里有多种含义。它既是一个文学词汇，又是一个历史术语，还可以用作建筑和艺术方面的专门用语。作为一个文学词汇，它有多种含义。它既指一种文学现象，又指一类文学作品，还可以表示一种文学创作方法。而且在不同的历史时期和历史阶段，这些文学现象、文学作品、文学创作方法的内涵也不尽相同。通常认为，“哥特”一词表示一类通俗小说。这种哥特小说起源于18世纪后期的英国，引领风骚长达50年。后来经过100多年的沉寂，在20世纪40年代重新兴起，并成为许多作家运用娴熟的创作体裁。然而这些哥特小说的作者，除少数以外，均被文学批评家和文学史家所忽视。其作品的特征是，故事常常发生在遥远的年代和荒僻的地方，人物被囚禁在狭窄的空间和鬼魂出没的建筑内，悬疑和爱情交织在一起。惯常的悬疑手段有神秘的继承权、隐秘的身世、丢失的遗嘱、家族的秘密、祖传的诅咒等等。到最后，悬疑解开，歹徒暴露，男女主人公的爱情障碍扫除。哥特小说的元素包括恐怖、神秘、超自然、厄运、死亡、颓废、住着幽灵的老房子、癫狂、家族诅咒等。哥特小说属于浪漫主义文学的一支，它从浪漫主义文学中找到了自己需要的营养，被称为“黑色浪漫主义”。所谓“黑色”，一是它选择的题材总是和暴力、凶杀、复仇等有关，故事被安排在幽暗荒芜的庄园，恐怖气氛总被大力渲染；二是它总是探讨人类心灵的罪恶感，揭露人性中的阴暗。

美国的哥特小说相对来说起步较晚，但19世纪20年代以后，哥特小说发展的中心似乎移到了美国，并在美国迅速繁荣。可以说，真正意义上的美国小说兴起之时正是哥特小说在英国和欧洲其他国家最繁荣的时期。美国作为新兴国家，虽然不具备古堡、寺院以及等级森严的社会组织等文化要素，但不同文化之间往往具有相似或者相通之处，美国自身的庄园制度、清教文化传统等因素为美国哥特小说的出现奠定了文化基础，并在英国哥特小说的催化影响下最终产生了美国本土的哥特小说。

欧茨曾被评论家誉为“哥特小说女王”（the gothic queen）和“新哥特贵妇人”（the grande dame of the new gothic），她认为，哥特小说是一种精神自传，与超现实主义相联系。早在在锡拉丘兹大学英文系读书时，她就对南方哥特小说产生了浓厚兴趣。在《巴黎评论》访谈录中，欧茨表示自己受到南方哥特小说家福克纳和奥康纳的影响，创作出很多哥特小说。

短篇小说集《鬼魂出没：怪诞故事集》是欧茨于1994年出版的哥特小说代表作之一，曾获1995年世界最佳幻想作品集。在这个故事集中，欧茨用纵横驰骋的想象力和创造力构思了这些令人毛骨悚然的怪诞故事，其中既有经典的鬼魂故事，又有令人胆战心惊的心理恐怖小说。《拉雷新闻与观察》认为，“乔伊斯·卡罗尔·欧茨的故事是怪诞小说的珍品，她能用短短数页描述出别人用长篇小说所写不出来的东西”。[1]《纽约时报书评》评论道：“在欧茨的酣畅淋漓的把握中，怪诞变成了人心中阴暗面的地图。”[2]

《鬼魂出没：怪诞故事集》分为四个部分，由16个短篇故事组成。除三个鬼魂故事（《鬼魂出没》《白猫》

1.欧茨著，左自鸣译：《鬼魂出没：怪诞故事集》，武汉：长江文艺出版社，2006年，扉页。
2.同上，第11页。

《布赖府受到威胁的人》）以外，其余13个怪诞故事均以揭露内心活动为主。正如欧茨所说：“什么是‘怪诞’——什么是‘恐怖’？为什么这些表面看来受思想排斥的东西对一些人具有如此久远的吸引力？我认为人的经验是最深奥的。尽管我们每个人都主观存在于这个世界，从自我这个角度认识世界，这个‘主体’是难以接近的，因此对别人是不真实的、神秘的。而其正面形象——所有的人都一样，从最深层的意义上说，全是陌生人。”[1]那么，要揭露一个人在不平常的环境、不平常的关系、不平常的心态中产生的怪异行为，就必须深入人的“主体”。因此，除了和传统的哥特故事一样营造恐怖神秘气氛以外，欧茨还将她的“心理现实主义”一以贯之，在这些荒诞怪异的故事中加入大量的心理描写，来揭示人物内心。

一、神秘恐怖的哥特情节

《鬼魂出没：怪诞故事集》中，《鬼魂出没》是一个传统的鬼故事。描写一个叫麦丽萨和一个叫玛利·卢的女孩，到废弃的旧宅院玩耍遇到鬼魂，一个女孩受罚，另一个女孩送命的故事。十一二岁的麦丽萨和玛利·卢是好朋友，有着金黄色长发的玛利·卢有着漂亮的脸蛋，人人见过都难以忘怀。而麦丽萨却相貌平平，“是男孩子不愿多看一眼的丑姑娘”。[2]她们俩淘气、叛逆、有着强烈的好奇心，常常去荒废多年的敏屯宅院玩耍，想知道

1.欧茨著，左自鸣译：《鬼魂出没：怪诞故事集》，武汉：长江文艺出版社，2006年，第24页。
2.同上，第6页。

这个死过人的农场里究竟有没有鬼。这家宅院颇有哥特小说中的神秘色彩："石砌的房子，房顶坍塌，阶梯破碎，像古老的图画书里画的东西。"[1]为了探险，两个女孩"从后窗爬进去——后窗的挡板早已被拔掉——犹如两个梦游者，互相搂着腰，瞪大眼睛，在各个房间转悠。我们每转进一个角落都等着敏屯先生的鬼魂出现。屋里散发着老鼠屎的臭味、霉烂腐败的气味和年深日久的悲哀"。[2]她们感到既恐怖又兴奋。一个炎热的夏日，麦丽萨独自来到敏屯宅院，尽管心跳得很快，她还是走到楼上的大房间里。这时，一个可怕的女鬼出现了，她与别的女人不同，她那一对乳房没带文胸，像奶牛的乳房，松松垮垮地挂在衬衫下面。头发灰色、浓密、硬如铁丝，理得和男人一样短，一簇簇竖起来，看上去十分油腻。她眼睛小而黑，深陷在眼窝里；眼睛周围的肌肉青紫……她的大腿很粗，和"我"的身体一样大。裤腰有一圈松弛柔软的肌肉，但不胖。女鬼用柳条狠狠地打了麦丽萨一顿，打得她小便失禁，并警告她必须守口如瓶，第二天必须把她的伙伴玛利·卢送去。回去后，麦丽萨告诉玛利·卢，她在敏屯宅院有事，但不得不保守秘密。玛利·卢决定亲自去弄明白事情的真相。10天后，人们在敏屯宅院附近的河里发现了玛利·卢的尸体。多年后，麦丽萨成了一名作家，她"写作的时候，听得见玻璃破碎的声音，

1.欧茨著，左自鸣译：《鬼魂出没：怪诞故事集》，武汉：长江文艺出版社，2006年，第9页。
2.同上，第11页。

觉得脚下踩着玻璃”，[1]敏屯宅院成了萦绕她心头的挥之不去的梦魇。在这个故事集的后记中，欧茨写道：“孩子们特别容易受怪异形象的影响，因为孩子们在学习如何分辨‘真’‘假’‘善’‘恶’。每个小小孩子的精神体验是感情、印象、事件以及与‘意思’结合起来的‘各种形象’的万花筒。”[2]从某种意义上说，《鬼魂出没》也是通过哥特式的情节，给孩子们营造一种恐怖气氛，使他们学会保护自己，远离危险。

最令人毛骨悚然的哥特故事是这部集子的最后一篇——《殉难》，它充分体现了哥特小说“恐怖”这一特征。这个故事描写一个人和一头畜生的遭遇：在保育器里被精心呵护长大的比比女和为了生存不停地与同类斗、与天敌斗、与人类斗，从而遍体鳞伤，为了生存不惜自残以求活命的小老鼠。被精心呵护长大的比比女成了父母赚钱的工具，为了达到赚钱的目的，比比女忍受肉体的摧残，硬是把28英寸的腰束成17英寸，然后被放到市场上拍卖。为了防止比比女逃脱，父母还在她的身上文了文身，这时的比比女无异于一头困兽。在拍卖场上道貌岸然的正人君子的眼中，比比女只不过是一头任人宰割的母牛、母猪，他们竞相加价，最后比比女被一个温文尔雅的白发绅士买走。与此同时，小老鼠正在遭受人类的折磨，作为试验品，饱受了惊吓，最终死去，而人类的试验也就以闹剧告

1.欧茨著，左自鸣译：《鬼魂出没：怪诞故事集》，武汉：长江文艺出版社，2006年，第9页。
2.同上，第242页。

终，对科学并无实际意义。

自称深爱比比女的老绅士跟比比女正式结了婚，起初对比比女呵护有加，渐渐地却对比比女厌倦了，居然逼迫比比女在家接客，并把比比女囚禁起来，比比女又成了笼中的困兽。在老鼠自残面临绝境的时候，一群小孩逮住了它，把它卖给老绅士，老鼠过了几天温饱的日子，却不料惨绝人寰的折磨正在等着它。原来，老绅士喂饱它不是出于怜悯，也不是出于慈善，而是把它作为折磨比比女的工具。他把老鼠一寸一寸地塞进比比女的肛门里："可怜的比比女四肢摊开，摆成一个'大'字，无可奈何，被他的爪子和牙齿弄得伤痕累累，鲜血淋漓。……为什么先逼着他嘴在前，接着，头在前，再接着是光滑的身体，为什么要到那里去——在那里面——他透不过气来，他快窒息了，他用牙齿撕咬想要挣脱，然而，即使如此，X先生仍然兴奋得双手颤抖着硬是把他推进去，而X先生的同伙则站在床边肃然起敬地围观。推进去，再往里——推进比比女肥胖的大腿间血液热乎乎、富有韧性、伸缩性极强、搏动着的管道里——再往里推，直推到只剩下光滑、毛茸茸的屁股和粉红色的尾巴。他恐慌得啃噬把他紧紧困住的肉壁，血液间歇地喷出来，几乎把他淹死，比比女骨盆肌肉不由自主地痉挛几乎把他压扁，要不是他和比比女都昏厥了过去，还不知道这场战斗如何收场。"[1]这段令人恶心的恐怖描写，虽然从表面看来十分荒谬、怪诞，但却揭露

1.欧茨著，左自鸣译：《鬼魂出没：怪诞故事集》，武汉：长江文艺出版社，2006年，第237页。

了所谓高级人种兽性的一面，暴露现实生活中那些有钱有势、恃强凌弱的人摧残弱小、无所不用其极的丑恶嘴脸，以及肮脏卑鄙的手段。

二、细致入微的心理描写

欧茨在创作这些哥特式的荒诞故事时，发挥了自己一贯擅长的心理描写。她没有把笔触一味地沉浸在神秘、恐怖、怪异这些气氛中，而是细腻地刻画人物的心理进程，甚至把人物的内心作为推动故事发展的线索。《预兆》是《鬼魂出没：怪诞故事集》中颇具特色的一篇，它的故事进程就是以主人公维特尼的内心活动为主线的。

帕克森家的长子奎恩富有且有社会声望，他外表和善，但常常酗酒，对妻子和两个女儿施加暴力。弟弟维特尼碌碌无为，没钱也没有地位，他受到哥哥的鄙视，加上对嫂子艾伦的同情，被哥哥怀疑与嫂子私通，因而常常受到哥哥的威胁。维特尼从来不敢登门拜访哥哥，但圣诞节前那个星期四维特尼预感到嫂子和两个侄女会出事，于是在黄昏时分硬着头皮驾车前往哥哥奎恩家的豪宅。整个行程，维特尼的心理不断发生着变化，而这些变化始终围绕着一个主题——“不安”。

故事开始的预兆就是个令人不安的预兆：“维特尼头天夜晚就有预兆，一整天心里都惶惶不安，奎恩可能失去控制，把艾伦打成重伤了，甚至他那几个女儿也不能幸免。”[1]虽然维特尼不是一个迷信的人，他还是被这种

1.欧茨著，左自鸣译：《鬼魂出没：怪诞故事集》，武汉：长江文艺出版社，2006年，第137页。

不安的预兆搅得心神不定。给哥哥家打过几次电话都没人接听，打到办公室秘书也不肯透露给他任何消息。于是，维尼特终于决定驱车前往城市的另一头——位于百万富翁区的哥哥家。到达之后，他的这种不安的心情越来越明显了："他此时感到明显的不安。他摁响门铃，站着等候。大厅里黑灯瞎火，起居室里也一样。他发现车库的门是关着的，奎恩的车和艾伦的车都不在车道上。家里没人？他不是听见有音乐的声音吗？……孩子们不是应该在家的吗？艾伦不是也该在家的吗？他一边等待，一边深深地吸了一口夜里寒冷的空气。"[1]当他想到几星期前听到的谣传，说奎恩要偕同一个女朋友到非洲的塞舌尔群岛旅游，就感到更加害怕。他有了进一步的预感。万一奎恩在一阵狂怒的冲动下，对艾伦和女孩子们干下什么蠢事，那可怎么办？维特尼脑海里浮现出奎恩在屋后华贵的红木案台上烤牛排，腰间系的围裙沾满鲜血的形象。他越来越担心艾伦和侄女们出事："维特尼心想：不光是走投无路、穷困潦倒的人和有精神病史的人杀害家人。前两天他在报纸上读到一则骇人听闻的消息，说的是一个中年的保险公司经理开枪打死与之反目的妻子和儿女……不，现在别想这样的事。"[2]再一次摁响门铃之后，维特尼发现艾伦和两个女儿都在家，不在家的反而是哥哥奎恩。短暂的如释重负后，他发现家里的一切都不对劲，于是，这种"不安"心理继续推动故事向前发展："维特尼心想屋里的气氛明

1.欧茨著，左自鸣译：《鬼魂出没：怪诞故事集》，武汉：长江文艺出版社，2006年，第138页。
2.同上，第140页。

显只有女人，有一种潜藏的歇斯底里。”[1]到底发生了什么，是谁在歇斯底里？嫂子艾伦表情怪异，两个侄女夸张的语气和动作，三个人的脸上身上都有不同程度的伤，厨房、客房似乎都刚刚被仔细清洗过……这一切都是可怕的预兆。“盥洗室里有一股奇特的气味——有点微弱的腐臭气味，像血的腥味，令人倒胃。维特尼一边洗手，一边感到困惑不安，因为这气味使他想起什么事情——但究竟是什么事情呢？”[2]接着，他突然想起来了，在许多年前，他还是一个小孩的时候，夏天去梅因露营，维特尼看见厨子一边大声地吹着口哨，一边杀鸡的情景——把已经宰杀好、瘫软的鸡放进热腾腾的水里，拔鸡毛，扯开翅膀、鸡脚、鸡爪，用手掏出湿淋淋、滑溜溜的内脏，把鸡剁成小块……这个恐怖的谜面没有谜底，最后，维尼特带着她们送的圣诞礼物和“千万不要提前打开”叮嘱离开了。当圣诞节来临，维特尼打开艾伦和侄女们的礼物时，会发现什么呢？是惊喜、惊讶还是惊吓？这是欧茨故意给读者留下的恐怖的悬念。

欧茨说：“对文学的爱好使我们为之受惊吓，为之震惊，有时候受其排斥，这种对文学的爱好似乎如同对白天、对理性、对科学的怀疑论、对真理‘真实’的反冲动一样深深地植根于人类的心里活动中。”[3]欧茨在这个故事集中通过一个个耸人听闻的情节，使人难以承受，转而

1.欧茨著，左自鸣译：《鬼魂出没：怪诞故事集》，武汉：长江文艺出版社，2006年，第144页。
2.同上，第147页。
3.同上，第242页。

投向更“文学”的作品。尽管这些恐怖的情节有时令人反感，但又被作者描绘得具有吸引力。欧茨的另一段话也许含义更为深刻：“从更技术的意义上说，从美学的角度表现恐怖是与经验主义和超现实主义在提高心灵的内部世界（或许将其排斥）使之外化这方面有联系的。在这个解构时代，即使我们没有能力从心理学和人类学方面把表面上看起来模糊的文件进行解码，不论神话故事、传说、文艺作品、客观推断出的历史、科学报告等，在怪诞存在的情况下，我们也能够马上感觉到真假的同时并存，由于心智是相当真实的——其中包括感情、情绪、交替的困惑、信仰等——尽管无法度量。主观性作为人的本质，是把我们区分开来不可或缺的东西。”[1] 这段话是对欧茨怪诞哥特式小说的最好注释。

第二节　超验主义之下

欧茨在其漫长的写作生涯中，受到过很多作家和流派的影响，现实主义、浪漫主义、自然主义、现代主义以及后现代主义，不一而足，这些影响都可以在她的作品中找到痕迹。然而，欧茨自己却认为，她更多地受到美国文学中超验主义作家的影响，例如霍桑、爱默生、梭罗、梅尔

1.欧茨著，左自鸣译：《鬼魂出没：怪诞故事集》，武汉：长江文艺出版社，2006年，第243页。

维尔、狄金森、爱伦·坡、惠特曼等。欧茨说，在他们的作品中物质世界遍布神奇的能量或“精神”。[1]这一节通过欧茨的长篇小说《大瀑布》和《妈妈走了》探讨欧茨与超验主义文学的关系。

一、美国超验主义文学的渊源与特征

美国超验主义也叫“新英格兰超验主义”或者“美国文艺复兴”，是美国的一种文学和哲学运动。它宣称存在一种理想的精神实体，超越于经验和科学之外，可以通过直觉把握。超验主义文学运动的领导人是美国思想家、诗人拉尔夫·沃尔多·爱默生。

一些历史学家认为，19世纪是独特的美国文化诞生和成长的时期，是继美国政治独立之后，美国精神、文化从欧洲大陆的母体中脱离出来而真正独立的时期。正是在这样的特殊时代，以爱默生和梭罗等为代表的“超验主义”思潮破土而出，成为美国人精神上的独立宣言。一般认为，爱默生是超验主义的倡导者和领导者，他的散文，特别是他的演讲，令人感到亲切，富有一种奇异的带有强烈个人色彩的声音；他的散文在端庄凝重的说教之中每每流溢出特有的富有魅力的睿智、幽默感和文学、哲思的深度

1.转引自欧茨发给作者的邮件，这一部分的原文是：I am much more influenced by the Transcendentalist strain in American literature，descending from Hawthorne， Emerson，H.D. Thoreau，Melville，Dickinson，Edgar Allan Poe，Walt Whitman and such visual artists as Winslow Homer，Martin Johnson Heade，Frederick Church - in which the physical world is suffused with a mysterious energy or spirit. My conception of life is that it is fundamentally a mystery - we try through our lives to comprehend it，but perhaps can only，from time to time，magically，embody it.

来；他的言词文本雄辩有力而辉煌，语调变幻莫测，显示出他的深奥的文学技巧。

超验主义追求人的自由的精神成为美国文化中一个重要遗产。这种思潮发源于单一神教，同时又接受了浪漫主义的影响，强调人与上帝之间的直接交流和人性中的神性，其结果是解放了人性，提高了人的地位，使人的自由成为可能。超验主义具有强烈的批判精神，其目标是建立一个道德完满、真正民主自由的社会，尽管这带有乌托邦的理想色彩。

超验主义的核心观点是主张人能超越感觉和理性而直接认识真理，认为人类世界的一切都是宇宙的一个缩影——“世界将其自身缩小成为一滴露水”（爱默生）。它强调万物本质上的统一，万物皆受“超灵”制约，而人类灵魂与“超灵”一致。这种对人之神圣的肯定使超验主义者蔑视外部的权威与传统，依赖自己的直接经验。

超验主义的主要思想观点有三个方面。首先，超验主义者强调精神，或超灵，认为这是宇宙至为重要的存在因素。超灵是一种无所不容、无所不在、扬善抑恶的力量，是万物之本、万物之所属，它存在于人和自然界内。其次，超验主义者强调个人的重要性。他们认为个人是社会的最重要的组成部分，社会的革新只能通过个人的修养和完善才能实现。因此人的首要责任就是自我完善，而不是刻意追求金玉富贵。理想的人是依靠自己的人。最后，超验主义者以全新的目光看待自然，认为自然界是超灵或上帝的象征。在他们看来，自然界不只是物质而已，它有生命，上帝的精神充溢其中，它是超灵的外衣。因此，它对人的思想具有一种健康的滋补作用。超验主义主张回归自然，接受它的影响，以在精神上成为完人。这种观点的自然内涵是，自然界万物具有象征意义，外部世界是精神世界的体现。

爱默生的名言："相信你自己"，这句名言是超验主义者的座右铭。这种超验主义观点强调人的主观能动性，有助于打破加尔文教的"人性恶""命定论"等教条的束缚，为热情奔放、抒发个性的美国式文化奠定了基础。

正因为爱默生的超验主义观点摒弃了加尔文教派神为中心的思想，认为在某种意义上，"人"就是上帝，才使得超验主义明显地烙上资本主义上升期的时代烙印，他们坚信：一个人一定能够成为他想成为的人。而这种素来被称为美国平民宗教的自立自强的精神，激励了美国民族精神的发展完善。

因此，超验主义者的贡献就是在理想主义的旗帜下重新审视了"美"的哲学命题，解放了美国思想，也使美国文学（包括散文创作）从模仿英国及欧洲大陆的风格中脱颖而出，开创了美国文艺复兴时期。其实，"超验主义"作为一种并不确切的戏称，也许只在认识论的中表现了这一思潮的某一个特征，即崇尚直觉和感受，而这一思潮的意义也许更重要地体现在它热爱自然、尊崇个性、号召行动和创造、反对权威和教条等方面，它对美国精神和文化摆脱其母体欧洲大陆的影响，形成自己崭新而独特的面貌起着巨大的作用。[1]

二、超验主义与欧茨小说创作

欧茨宣称自己不仅在理论上受到了超验主义作家的影响，在创作上也体现出超验主义文学的精神特征。她在多部作品中表述了自己对宇宙和人类的思考以及想要建立一个道德完满、民主自由的社会的理想和目标。下文以长篇小说《大瀑布》为例，分析超验主义之下人与自然的关系。

超验主义一个显著的特征就是以全新的目光看待自然，构筑自然与人类和谐相处的美好世界。欧茨小说《大瀑布》即展示了一个由人与自然构成的、和现代人生活密切相关的、深邃而丰富的伦理世界，揭示了人与自然息息相通的关系，自然对人类的重大影响，以及人与自然和谐的重大意义。

颇具权威的《科尔库斯评论》说："这（《大瀑布》）是迄今为止她最好的作品——也是她的一部代表作。"[2]《大瀑布》的女主人公是一个结婚才一天的新娘阿莉亚，在大瀑布的蜜月旅行中失去了她的丈夫，因此成了"大瀑布的寡妇新娘"。接着，一位年轻富有、英俊潇洒的青年律师德克·波纳比闯入了她的生活并给了她完美的婚姻。然而，年轻的律师出于正义卷入"爱的运河"案件，最终付出了生命的代价。阿莉亚独自抚养三个孩子长

1.参见毛信德：《美国小说史纲》，北京：北京出版社，1988年。
2.欧茨著，郭英剑译：《大瀑布》，武汉：长江文艺出版社，2006年，本卷序，第1页。

大，继续着关于爱、关于自然、关于命运的思考。这部作品丰富的内容使读者有充分的自由从多个角度去分析和鉴赏，如果我们从生态伦理学的角度对《大瀑布》作深入的透视，就可以发现一个由人与自然构成的、和现代人生活密切相关的、更为深邃而丰富的伦理世界。

《大瀑布》的书名本身就可以引起读者关于自然的无限遐想。

故事背景正是著名的世界七大奇观之一的北美尼亚加拉大瀑布，这个神秘莫测的瀑布令人敬畏，因为从1900年开始，这里就已经成为远近闻名的“自杀天堂”。在小说的扉页，欧茨引用了摩西·布莱恩博士在《一位尼亚加拉大瀑布医生的日志》里的一段话：“位于尼亚加拉的大瀑布，……可能对人类四分之一的人口带来了某种影响，这是一种很神奇怪诞的影响，可以称之为超自然病患。……如果没有人阻止的话，不幸的受害者就会将自己投入到他的厄运之中。我们或许可以这样来推测：在大瀑布的魔力感召下，那些不幸的人离开了人世，但精神却得到了永恒。获得新生可能就是最残忍的希望了，这同基督所许诺的在最后审判日所有死者的复活如出一辙。这些受害者默默地向大瀑布立下誓言——‘是啊，你已经湮没了成千上万的男人女人，但你无法将我泯灭。因为我就是我。’”[1]

从这段话中不难发现，100年来，神秘的大瀑布对人

1.欧茨著，郭英剑译：《大瀑布》，武汉：长江文艺出版社，2006年，扉页。

产生了巨大影响。这种影响如此神奇，如此魅惑，如此势不可当，使人不由得生出对大自然的敬畏之心。

小说的第一句话即展示了尼亚加拉大瀑布的神秘色彩，让读者充满了阅读悬疑小说的紧张感："有一个人后来纵身跳入了马蹄瀑布。没人知道他什么时间跳的，也没人提。"[1]原来，1950年6月12日，在纽约州尼亚加拉大瀑布的彩虹大酒店，当结婚才一天的新娘阿莉亚早晨醒来时，发现了丈夫留下的神秘纸条。她从警方那得到了残酷的消息：一个酷似她丈夫的人于当天清晨纵身跃入了马蹄瀑布。阿莉亚痛不欲生："我这个新娘，一天之内就成了寡妇。"[2]

有着科学和神学信仰的优秀青年、阿莉亚27岁的丈夫吉尔伯特，终于在新婚后的第一个早晨奔向了他的生命之路，他放弃了对化石搜寻的热爱和对上帝的热爱，听从了大自然神秘的召唤：来啊，这里有安宁。"他一定要纵身于大瀑布最狂暴的洪流——马蹄瀑布中去。没有什么能比这更让他满足的了。他在自我膨胀的感觉支配下，惧怕活下去。"[3]他在向终点奔跑的路途上回顾了自己短暂的一生，带着"一种轻蔑的致敬"和"一种公然反抗的致敬"完成了自己在人间的最后一跃。

欧茨似乎无意过多追溯吉尔伯特的死因，但她指出了主人公"科学之路"和"信仰之路"的内在矛盾：他在寻

1.欧茨著，郭英剑译：《大瀑布》，武汉：长江文艺出版社，2006年，第3页。

2.同上，第6页。

3.同上，第29页。

找化石时发现的6500万年前的化石和基督教创世纪中6000年前上帝创造万物的说法相距甚远。于是，这个神学院的优秀学生对基督教信仰产生了深刻怀疑："如果'信仰'是基于无知，那它有什么好？"[1]事实上，作者正是借主人公之口表达了自己对宗教及其人类中心主义的怀疑。自古希腊特别是基督教问世以来，人类中心主义开始统治西方世界。基督教的《创世纪》（*Genesis*）记载上帝创造了万物并按自己的样子创造了人，派人类管理这个世界，人是优越于地球上所有生物的存在。亚里士多德更是直言不讳地说："植物活着是为了动物，所有动物活着是为了人类，……自然就是为了人而造的万物。"随着科学的发展，人类的优越感越来越强，对大自然的态度也发生了转变，由远古时代对自然的顶礼膜拜变成了现代的颐指气使，征服自然的欲望也越来越强烈。然而，自然从没有俯首听命于人类，而是处处以它自己的方式征服着人类。

普里什文在《大地的眼睛》里指出，"我们无条件地认为人类是大自然的'君主'"，我们"利用大自然的财富，使之有益于自己，但还不知道，这是我们在控制大自然呢，还是恰恰相反，是大自然迫使我们服从他的规律"。[2]《大瀑布》中好几个人物都被大瀑布深深地吸引，大瀑布以它那强大的生命力让人类在它的脚下臣

1.欧茨著，郭英剑译：《大瀑布》，武汉：长江文艺出版社，2006年，第27页。

2.普里什文：《大地的眼睛》，武汉：长江文艺出版社，2005年，第128页。

服。阿莉亚的女儿朱丽叶像哥哥一样，从小就十分想念在自己年幼时即已身亡的父亲，她在冥冥之中经常会听到来自大瀑布里的父亲的呼唤，那种声音焦急、亲切而又清晰："朱丽叶！波——那——比！到河里来，到爸爸身边来！"[1]她想寻找他靠近他，想沿着父亲的声音感受他的灵魂。在通往尼加拉河的河岸上，朱丽叶"迷失在周围的环境和时间里了"，她"感到一个细微而神秘的韵律伴着哗哗的流水声进入她的脑海，抚慰着她的心灵"[2]。河水似乎用生命的语言在和她交流，尽管她看不见它。终于在父亲的忌日这一天，她来到了瀑布的栏杆边上，两手紧紧地抓着湿湿的栏杆。瀑布里的声音吸引着她，她一点儿也不难受，更不是因为伤心或悲痛来到了这里，只是，她认为这是她该来的地方，是美好的地方，是可以安置灵魂的地方。后来，她的男朋友巴德把她拉走了，但朱丽叶的灵魂已和大瀑布紧紧地连在一起。

欧茨在此表达了这样的主题：自然是有生命的，在强大的自然面前，人类是这样的弱小和无助，却又和自然息息相通。我们无法控制自然，我们也无法离开它。

小说中一个非常重要的历史事件——"爱的运河"，从更深刻的角度反映了人类对自然的破坏以及自然对人类的巨大影响。

男主人公德克·波纳比出生在一个富有的家庭，并且年轻英俊、事业有成，是当地法律界有名望的律师。他对

1.欧茨著，郭英剑译：《大瀑布》，武汉：长江文艺出版社，2006年，第344页。
2.同上。

在大瀑布中失去丈夫的寡妇新娘阿莉亚一见钟情，很快与她组成了幸福的家庭。一次偶然，他接触了一桩黑幕重重的工业污染案，并勇敢地做了受害人的代理律师。随后，他的生活卷入厄运。

作者描述的这桩工业污染案件是确有其事的，那就是美国历史上著名的“爱的运河”事件（Love Canal）。“爱的运河”又译为“乐甫运河”，该地位于纽约州北部，原先是一处化学物质填埋场，于1953年改建为居民区。当地的居民并不知道他们的家园和学校是建立在有毒的垃圾场之上的。作者以深入的笔触讨论了这一历史事件。

小说中，“爱的运河”事件是以“奥谢克案”开始的。一次大雨中的邂逅，使德克了解到妮娜·奥谢克的故事：她所居住的科文庄园，有严重的化学污染。她的父亲54岁时死于肺气肿，肺里有许多铁屑。小女儿3岁的时候死于白血病。出于对受害人的极大同情，德克开始调查这个案子，发现以“爱的运河”为中心的大面积地区存在严重污染。这个案件牵扯到法律界、教育界、金融界的众多人物，主要污染者斯万化学公司的前身，甚至和自己的父亲有着密切的关系。一场正义与邪恶的较量激烈地展开了，德克·波纳比最终失败，并付出了生命的代价，这也是人类为工业文明付出的巨大代价。

19世纪以来，人类的工业生产与科学技术飞速发展。工业的发展给人类带来了巨大的物质财富的同时，也带来了灾难性的生态危机。到了20世纪，工业和科技文明对自然的破坏，达到了前所未有的程度。

瑞士诗人马尔蒂被20世纪80年代以后的以切尔诺贝利核电站爆炸泄漏为代表的一系列灾难性事故所震撼，进而对科技文明和工业社会的发展提出了强烈质疑。在《复活节前的星期六》里，诗人写道：“我们的命运/走上了/这样的轨道：技术/反过来/把人吃掉？”[1]

“爱的运河”正是这种破坏进程中的一个缩影：污染严重的化学物质被掩埋在幼儿园、学校和居民区的地下，人们长期生活在化学物质的毒害中。可见，人类欲望的增长和现代工业的发展给人们的生活环境和身心健康造成了巨大的伤害。

“科文庄园的居民几乎全都开始抱怨那种恶心的气味，‘黑色的烂泥’从地下室和柔软的草地里渗出来，‘灼伤’了孩子和小动物；他们院子里‘采矿用的桶’装着有毒的焦油。”“九十九街有个人，应该还没有50岁，好像吸入了神经性毒气一样走路摇摇晃晃。还有人走路要靠拐杖。靠轮椅！还有个化学公司的工人，他居然要用氧气罩。得了肺气肿。”“这些交汇在（隐秘的、填好的）爱的运河的街道上，到处都是奇怪的疾病，而且患病率与这个城市的其他地方或美国普通的地方相比，高得惊人。流产，出生的畸形儿。精神错乱，中风。心脏病，呼吸疾病。肺气肿。肝，肾脏，胆囊疾病。还有流产。眼睛感染，耳朵感染，喉咙的链锁状球菌感染。偏头痛。越来

1.罗·芃等主编：《欧洲文学史》第三卷，商务印书馆，2001年，第840页。

越多的流产。癌症！各种各样的癌症。简直是癌症大集合。肺癌，结肠癌，乳腺癌，卵巢癌，子宫癌，前列腺癌，胰腺癌。（胰腺癌是种鲜见的癌症，但在科文庄园并不鲜见。）白血病。儿童白血病。（比平均患病率高出七倍。）高血压，疾病引起的低血压。肾病，肾炎。（儿童很少会得这种病，但在科文庄园却并不少。）”[1]

这些触目惊心的疾病，正是人类在“人类中心主义”的旗帜下，征服自然、改造自然、掠夺自然、蹂躏自然所造成的极端恶果，对大自然的摧残使人类自己陷入了灾难的深渊。正如德克·波纳比所说：“这不是一条运河，永远也不会是一条运河，而且，它和爱一点关系都没有。”[2]人类为了追逐经济利益，吝于给自己赖以生存的大地赋予任何关怀，最终只能危害同类。《大瀑布》向工业文明发出了强烈的质疑和激烈的批判。

生态伦理学的创始人利奥波德在他的《大地伦理学》中认为，人类必须重新考虑人作为自然界的成员的角色，人在自然界的恰当地位，不是一个征服者的角色，也不是一个根据个人利益或经济利己主义作出相关决定的经济企业主的角色，也不是人类家庭成本利益计算者的角色，而应当是大地（自然界）共同体中一个好公民的角色。人类应该尊重他的生物同伴，而且也以同样的态度尊重大地社会。

1.欧茨著，郭英剑译：《大瀑布》，武汉：长江文艺出版社，2006年，第192—193页。
2.同上，第163页。

在经历了自然的考验与命运的轮回之后，小说的“尾声”部分向我们展示了一个鲜明的寓意：重返与自然的和谐。

1978年9月21日，在德克·波纳比去世16年之后，一场别具纪念意义的追思会在美丽的风景公园举行。那是一个温暖的下午，“虽然根据日历现在该是秋天了，尼亚加拉大瀑布地区的天气却很温暖、明媚，像是夏天”。[1] 此时，“爱的运河”案件已经不断被提起要翻案，居民协会的人数更多了，律师和支持者也更多了。报纸上的头版头条已经印上了德克·波纳比当年的照片，他受到了人们的高度评价：“英勇无比”，“超前于时代的悲剧人物”，“正义的理想主义者”，“一个智力超常、精神高尚的律师，他被一个由化学公司的金钱、政治、司法腐败以及人们早年的‘生态无知’结成的邪恶联盟‘残忍迫害、追杀致死’”。[2]

虽然“北边安大略湖上有层层黑云”[3]，但天空毕竟是晴朗的。生活也如眼前的景色，终于出现了曙光，尽管代价有些沉重。风景公园里，空气清新舒适，音乐曼妙怡人。黄铜管乐弹奏着普塞尔的庄重活泼的五重奏，美妙中掺杂着一丝忧伤。然而，忧伤过去，到了最后一个乐章终于欢快生动起来，尽显美国式的乐观主义。德克心爱的儿子罗约尔兴奋地意识到，土壤、水、岩石，这些神秘活力

1.欧茨著，郭英剑译：《大瀑布》，武汉：长江文艺出版社，2006年，第380页。
2.同上，第382页。
3.同上，第387页。

的东西对自己是那样有吸引力。他为自己是德克·波纳比的儿子而感到自豪，为波纳比这个曾经给他带来屈辱的姓氏自豪！

在90分钟的追思会上，“太阳时不时钻进碎片般的浮云中，很快又探出头来。大峡谷上面出现了彩虹”。[1]更为美妙的是，“观众中突然出现很多发光的黄色小徽章，上面印着‘支持洁净水’运动”。不是吗？“人们想征服别人的努力都是徒劳无功的。”[2]要让一滴水永远不干涸，就让它流到大海中去。人类从自然中产生，也必要回到自然中去，重建与自然的和谐。法国思想家阿尔伯特·施韦泽认为，人类感情的最基本的事实是：我是个要活下去的生命，我是众生之一员。由此，就要敬畏每个想生存下去的生命，就像敬畏他自己的生命一样。我们对待自然的态度何不该如此呢？

1.欧茨著，郭英剑译：《大瀑布》，武汉：长江文艺出版社，2006年，第390页。
2.同上。

第五章　欧茨作品的“美国性”

何塞·马蒂指出：“文学是民族存在的重要标志，只有当伟大的文学作品存在时，一个民族自身可以想象到的民族统一才会存在。”[1]文学作为一个民族文化的重要表征，在民族认同中扮演了极为重要的角色。任何一个民族特性的形成，都离不开作为社会意识形态的文学的参与。

美国是一个年轻开放而朝气蓬勃的国家，它发达的经济和先进的科学、技术、文化令世界瞩目，然而其民族特性绝非仅仅是年轻、开放与现代这些词汇所能概括的。站在历史与现实的交汇处我们可以看到，“美国性”是

1.IMRE S. Zones of Instability：Literature，Postcolonialis，and the Nation. Baltimore：The Johns Hopkins UP，2003，p.25.

一个兼具传统意味和现代意味的组合，它既是封闭的，也是开放的，既是保守的，也是激进的，其民族特性的形成也经历了一个比较漫长的发展过程。从17世纪第一批移民到达美洲建立新英格兰起，美利坚民族就有了建构其美国民族特征即所谓“美国性”的欲望，这种欲望随着政治的独立和社会经济的发展而变得更加强烈。经过300年的发展，“美国性”通过社会、经济、文化等各方面的塑造走向稳定和成熟。在文学史上，“美国性”更是通过美国作家对民族特性和民族形象的不断创造性的书写，最终得以形成并逐渐凸显。19世纪末期，学术界关于美国民族特性（美国性）的研究就开始了，“二战”以后盛极一时的美国研究也把“美国性”作为重要的研究对象。随着时间的推移，美国民族特性（美国性）问题越来越成为全民族面对的一个重大议题，更是知识界、文化界的一个热点议题。

S. 亨廷顿曾经指出：以“美国信念”（American Creed）为基础的“美国性”得到了大多数人的认同，这种信念强调新教伦理，主张自由和人人平等，以及每个人都有追求幸福的权利。这个曾经写在《独立宣言》中的“美国信念”，“是美国民族身份或特性不可或缺的部分。正是这种信念成了千百万人追求美国梦的动力，而以此信念为核心的美利坚民族主体特性在历代美国文学中都得到了不同形式的表现和建构。回顾19世纪的美国文坛，可以看到许多经典作家都参与了美国民族特性的建构，如库柏、惠特曼、霍桑、爱默生、马克·吐温以及亨利·詹姆斯等等。特别是19世纪三四十年代，以爱默生为代表的美国知识分子更是把独立的“美国性”看成是关系国家存亡的重大问题。1838年，爱默生在哈佛大学演讲时，大声疾呼：“我们依赖别人的日子，我们师从他国的长期学徒时代即将结束；在我们四周，有成千上万的青年正在走向生活，他们不能老是依赖外国的残余来获得营养；这里的所做应予以歌颂，他们要唱出自己的歌。”[1]这篇名为《美国的学者》的讲演稿被视作美国的文化独立宣言。之后的作家，或是追寻美国的历史，或是描摹美国的现在，或是勾勒美国的未来，都不约而同地追求着他们心中的“美国性”。

比较而言，乔伊斯·卡罗尔·欧茨的“美国性”建构有着独特的内涵。作为白人女性作家，她生活在美国当代社会；不同于那些前辈作家，欧茨借助广阔的城市意象，勾勒了身处当代社会的美国人对美国梦的追寻，反衬出别具一格的“美国性”。

第一节　美国梦

一、美国梦的形成

难以想象，一个缺少原生文明，以殖民地身份独立，仅仅230多年历史的国家如今成了全球唯一的超级大国，诞生于其中的自然科学家、经济学家、哲学家与作家

1.GEORGE P，PERKINS B. The American Tradition in Literature，Boston：The McGraw-Hill Companies，1999，p.371.

等摘取了这个世界大部分荣誉的桂冠。成长于其中的电影演员、歌手、运动员很快成为全球偶像。他们每个人的成功轨迹各不相同，但有一条线索却很明晰：他们生于平凡，却都秉承一种国家精神，曾经怀揣同一种执着梦想——“美国梦”。

“美国梦”一直是美国人引以为自豪的举世瞩目的精神理想之一。作为一个永恒的主题，“美国梦”也始终贯穿于不同时期的美国文学之中。这不仅与超验主义强调个人的重要性相一致，也是欧茨小说所着意表现的一种精神内涵。

从一般意义上说，“美国梦”是指在美国，无论地位、出身、种族和性别有何种差异，只要具备聪明、勤劳、刻苦和坚忍不拔等必要条件，任何人都可能在相同的条件下，通过自己的诚实劳动与他人进行公平竞争，可以从一文不名到亿万富豪，从社会底层到上流阶层，获得最终的成功和幸福，使自己的梦想变成现实。

“美国梦”自然也被记录在美国文学史上，成为美国文学的永恒主题。马克·吐温、杰克·伦敦、德莱塞、海明威、菲茨杰拉德等都描写过“美国梦”的各种寻求者。在美国当代文坛，欧茨以一位女性作家敏锐而独特的视角表现了这一主题。

二、欧茨小说中的“美国梦”

何塞·马蒂指出：“文学是民族存在的重要标志，只有当伟大的文学作品存在时，一个民族自身可以想象到的民族统一才会存在。”[1]文学作为一个民族文化的重要表征，在民族特性的形成过程中具有重要意义。任何一种民族特性的形成，都离不开文学史上伟大作品的参与。美利坚民族特性的形成，同样也离不开美国文学关于“美国性”的独特建构。

站在历史与现实的交汇处我们可以看到，“美国性”是一个兼具传统意味和现代意味的组合，它既是封闭的，也是开放的，既是保守的，也是激进的。这种矛盾统一决定了美国民族特性的形成经历了一个比较漫长的过程。1620年，当“五月花号”轮船满载着受宗教迫害的英国清教徒在普利茅斯登陆时，拓荒者的信念就开始在这片美洲大陆上生根。1776年，《独立宣言》的发表，进一步宣告了“图生存、求自由、谋幸福”的启蒙理想。从此以后，这个崭新的民族建构其“美国性”的愿望日趋强烈。经过几百年的发展，美国性最终通过社会、经济、文化等各方面的塑造走向稳定和成熟。在文学史上，“美国性”则是通过无数作品中塑造的美国形象及其表现的民族特性来完成的。19世纪末期，学术界关于美国民族特性（美国性）的研究就开始了。随着时间的推移，“美国性”问题越来越成为全民族面对的一个重大问题，更是知识界、文化界的一个热点问题。

“美国性”所涵盖的内容十分广泛，它包含了美国人的众多群体特征，例如：主张自由和人人平等，每个人都

1.IMRE S. Zones of Instability：Literature，Postcolonialis，and the Nation. Baltimore：The Johns Hopkins UP，2003，p.35.

有追求幸福的权利；崇尚工作和劳动的基本生活态度，相信“天道酬勤”，尊重和追求白手起家的品质；基于个人主义精神所体现的“永远创造”的勇气和不满足于现状、敢于冒险和进取的精神；以及多元文化共存的理念，和致力于最终和谐的价值追求。这些“美国信念”（American creed）是构成美国性的基础与核心，得到了美国大多数人的认同。“这个曾经写在《独立宣言》中的美国信念，是美国民族身份或特性不可或缺的部分。正是这种信念成了千百万人追求美国梦的动力，而以此信念为核心的美利坚民族主体特性在历代美国文学中都得到了不同形式的表现和建构。”[1]回顾19世纪的美国文坛，可以看到许多作家都参与了“美国性”的建构。特别是19世纪三四十年代，以爱默生为代表的美国知识分子更是把独立的“美国性”看作文学的民族性的重要标志。爱默生曾明确表示，伟大的诗人必须是民族的诗人，必须展示民族的独特经验和情感。1838年，他在哈佛大学作题为《美国的学者》的演讲时，大声发出了整个民族的声音：“我们依赖别人的日子，我们师从他国的长期学徒时代即将结束；在我们四周，有成千上万的青年正在走向生活，他们不能老是依赖外国的残余来获得营养；这里的所做应予以歌颂，他们要唱出自己的歌。”[2]这也成为建构民族文学的一声号角，开拓了美国文学史上新的里程。在爱默生的积极倡导下，

1.江宁康：《美国民族特性的文学想象与重建》，《外国文学研究》，2007年，第2期。

2. George P，Perkins B. The American Tradition in Literature. Boston：The McGraw -Hill Companies，1999，p.371，

无论是同时代还是以后的作家，都在其作品中努力唱着“自己的歌”、民族的歌，都以各种方式建构着他们心中的“美国性”。

比较而言，美国女作家乔伊斯·卡罗尔·欧茨的“美国性”建构有着丰富而独特的内涵。作为白人女性作家，她生活在美国当代社会。不同于那些前辈作家，欧茨借助广阔的城市意象，勾勒了身处当代社会的美国人对美国梦的追寻，反衬出别具一格的“美国性”。

1. 美国性与美国梦

如前文所述，美国性所涵盖的内容十分广泛，而其核心就是以个人主义精神为主体的、机会平等的自我实现，即“美国梦”（American dream）的追寻。1931年，詹姆斯•亚当斯的《美国史诗》一书让“美国梦”一词在美国家喻户晓。在文学作品中，作家也往往把“美国梦”当作核心内容来表现。作为一个永恒的主题，“美国梦”始终贯穿于不同时期的美国文学之中。这不仅与美国文学史上超验主义所强调个人的重要性相一致，也是欧茨小说所着意表现的一种精神内涵。

从一般意义上说，“美国梦”是指在美国，无论地位、出身、种族和性别有何差异，只要具备聪明、勤劳、刻苦和坚忍不拔等必要条件，任何人都可能在相同的条件下，通过自己的诚实劳动与他人进行公平竞争，可以从一文不名到亿万富豪，从社会底层到上流阶层，获得最终的成功和幸福，使自己的梦想变成现实。更重要的是，美国梦指的不单是表面的成功，而是对精神自由的追求，也就是对生命意义的终极寻求，这也正是美国性的实质，即在多元文化的结构中，最大限度地实现个人的理想。

“美国梦”自然也记录在美国文学史上，成为美国文学的永恒主题。马克·吐温、杰克·伦敦、德莱塞、海明威、菲茨杰拉德……都描写过美国梦的各种寻求者。同时，这些作者自身就是美国梦的践行者，欧茨也不例外。

欧茨出生在纽约州的洛克波特市（Lockport）伊利镇的一个工人家庭，父母穷苦人出身，父亲做过机械工具技师，家境贫寒。用欧茨自己的话说，她是在大萧条末期出生于美国乡下工人阶级的女儿，并且在纽约西部一个不景气的小农场长大，小时候这种粗野而混乱的乡村氛围让人“天天得为生存而拼命”。欧茨童年的生活十分艰辛，她生活的农场偏僻而落后。不仅生活条件低下，学校的教育也十分落后，她参加的所谓“一间房教室”就是校舍十分简陋的平民学校，所有的师生挤在一间房子里，她甚至和一些智障的孩子学习生活在一起。但低下的出身和落后的教育反而激发了欧茨对“美国梦”的追寻，她的“美国梦”又是和她的“文学梦”紧紧联系在一起的。欧茨从小学习勤奋刻苦，并极具文学天赋。幼时就经常绘声绘色地讲述故事并用生动形象的语言编写故事，这些为她日后步入文坛奠定了基础。同时，丰富的想象力和敏捷的思维也成为欧茨进行文学创作的工具，她终于与文学结下了不解之缘，并以优异的成绩进入锡拉丘兹大学学习文学。在大学期间，欧茨笔耕不辍，进行了大量的小说和诗歌创作，内容主要是以自己的童年生活和学校生活为背景，艰辛的童年生活成为她取之不尽的创作源泉。1959年，欧茨21岁时，她终于发表了自己的第一篇短篇小说《在旧世界中》，刊登在《小姐》杂志上，获得了“大学小说奖”。这是她一生所获得的各种奖项中的第一个。从此，她的作品在读者群和批评界中引起了越来越多的注意，终于走向美国乃至世界文学的顶端，成为当今世界颇具影响力的作家，完成了从丑小鸭到白天鹅的蜕变。欧茨的职业道路也是令人羡慕的：大学毕业后欧茨进入威斯康星大学，1961年获文学硕士学位。之后在底特律大学当英语教师，担任英美文学的教学工作。1967年，欧茨和丈夫移居加拿大的安大略，她在温莎大学任教，并与丈夫一起创办了杂志《安大略周报》。1978年，欧茨回到美国，受聘于著名的普林斯顿大学至今，教授文学创作课程，同年当选为美国文学艺术院院士。

欧茨极具戏剧性的职业轨迹，尤其是她从童年的贫困生活到今天成为世界上最杰出的作家之一，无一不体现了一个文学版的神话追求和美国梦的实现。然而，功成名就后的欧茨的日常教学和写作并没有改变。丈夫去世后，欧茨一个人住在普林斯顿大学附近一幢宽敞明亮的乡间别墅里，“朝起早，夜眠迟”，生活节制而有规律。她仍然坚定不移地把文学作为一个探索人类精神领域的不可取代的活动，从不懈怠。欧茨极其勤奋多产，仅仅是小说就出版了50多部，此外还有诗集、戏剧和文学评论以及电影、电视剧本。数量往往会限制质量，但对欧茨来说并非如此。欧茨对自己的写作要求十分严格，她说："每一部小说的开头都像地狱一般，我害怕开头……已经写好的一百多页全都被我绝望地扔进字纸篓，可我心里明白只有这样写下去才能诞生第一页差强人意的文字。当我把这些告诉我的学生，他们半是同情半是恐惧地看着我。当我告诉他们我出版的作品也许只是我全部创作的一半，学生们的脸色都变得刷白。他们不敢想象这意味着多少劳动，老实说，现在回过头去看我也觉得不可思议。要是让我从头再来一遍，我不敢说我还能坚持到底。"[1]欧茨在美国学术界和文学界享有相当高的地位，并获得过各种奖励，包括多次诺贝尔奖的提名。

欧茨自身的经历成为美国梦的一个例证，但这不能成为她对这个"梦"进行美化的理由。她把另一位多产的美国作家亨利·詹姆斯的这样一段话贴在她的办公桌前的布告栏里："我们在黑暗中工作——我们竭尽所能——我们奉献所有。怀疑是我们的激情，激情是我们的任务，剩下的就是对艺术的疯狂。"[2]这里所说的"怀疑精神"，也是"美国性"的一个特征，因为个人的自我实现，是要从自身找到归属感，并对这个世界保持批判的立场。而欧茨正是以其对社会暴力和邪恶的批判来彰显其独特立场，并进而对"美国梦"加以全面验证。

1.Greg J. Understanding Joyce Carol Oates. Columbia，S.C.：University of South Carolina Press，1987，p.45.
2.欧茨著，顾韶阳译：《我带你去那儿》，北京：人民文学出版社，2005年，前言，第3页。

2. 美国性与个人主义

从17世纪初开始移民北美的欧洲人或逃避宗教迫害，或寻求经济解放，无论如何都是在追求个性自由。正是这种追求使个人主义成为美国文化的核心。欧茨五十年的创作生涯中，伴随着美国社会、文化的巨变，美国文学也经历了数次思潮和运动的更迭。但无论怎样变化，表现个人主义英雄色彩的美国形象总是不断出现在作家们的笔下。欧茨在这个漫长的创作过程中学习和继承了这些美国文学传统，使众多文学经典成为自己文学创作的基础和源泉，特别是19世纪以爱默生为代表的超验主义思想曾对欧茨产生重要影响。欧茨说："我看出自己有很深的文学传统，其他作家对我的影响十分明显，没有他们我就不可能存在。"她表示，自己更多地受到美国文学史上超验主义作家的影响，例如霍桑、爱默生、梭罗、梅尔维尔，狄金森、爱伦·坡、惠特曼等等。[1]

超验主义追求人的自由的精神是美国文化中一个不可或缺的内容，对个人主义的强调是爱默生、梭罗、霍桑、惠特曼等在作品中一直倡导的。在欧茨的小说中，这种个人主义主要表现为个人奋斗、勇敢和冒险精神。

1.转引自欧茨发给作者的邮件，这一部分的原文是：I am much more influenced by the Transcendentalist strain in American literature，descending from Hawthorne，Emerson，H. D. Thoreau，Melville，Dickinson，Edgar Allan Poe，Walt Whitman and such visual artists as Winslow Homer，Martin Johnson Heade， Frederick Church - in which the physical world is suffused with a mysterious energy or spirit. My conception of life is that it is fundamentally a mystery - we try through our lives to comprehend it，but perhaps can only，from time to time，magically，embody it.

欧茨往往以极端的形式，比如暴力，来表现她对个人奋斗的理解。

欧茨早期最负盛名的长篇小说《他们》中的男主人公朱尔斯就是追寻美国梦的一个典型人物。朱尔斯是温德尔家的长子，生于美国白人社会中经济最贫穷、地位最低下的家庭，朱尔斯从小的生活环境就异常恶劣。他从12岁就开始到一家小商店打零工，小小的年纪已经有了2年抽烟的历史，并且开始偷东西，再一个人悄悄地卖掉。贫困的生活让朱尔斯养成了越来越多的坏习惯，他经常打架斗殴，在学校中总是被老师责骂，直至被学校开除。朱尔斯是暴力事件的积极参与者，底特律暴乱发生时，他甚至在混乱的人群中杀死了一名警察。朱尔斯似乎堕落得不可救药。但是，朱尔斯同他的父辈们有很大的不同，他拥有父辈们所没有的强大的精神力量。在学校，他尽管成绩不如两个妹妹好，但他喜欢学校，喜欢学习，喜欢思考，热切地攫取着一切能学习到的知识。朱尔斯有独立的思想，尽管贫穷，他对金钱却有清醒的认识：朋友伯纳德遇害后，他把伯纳德先前送给他的一万多美元巨款放进死者的口袋；尽管贫穷，朱尔斯却相信自己的力量，相信“火以燃烧而尽其责任”。他要过一种“同圣明生活并行不悖的世俗生活——现代化的生活，不惜任何代价——他要把自己扩展到他身体的最大的极限，把视野扩大到最大的范围。他定能做到这一点”。[1]为了实现理想，朱尔

1.欧茨著，李长兰等译：《他们》，南京：译林出版社，1998年，第109页。

斯去了南方。在他的眼中，美国的一切都在向前发展，他自己的心中也充满了希望，他要继续读书充实自己，告别过去，展望美好的未来："我以前所经历的每一件事都是毫无意义的——那是根本不存在的——我的生活现在才刚刚开始。"尽管身处"他们"阶层，朱尔斯却抱着这样的信念："'我最终要改变我们生活的'，他这样想着。他要到加利福尼亚去。"[1]尽管排斥着这个阶层又一次次回到这个阶层，朱尔斯还是不甘心受命运的摆布。父辈们生活在社会底层，面对命运的捉弄，却逆来顺受、缺少行动力，没有改变生活的勇气，似乎永远生活在"等待"之中。然而朱尔斯却以自己的个人主义精神标新立异，他追求自由，从不放弃改变现状的信心；他挣扎在现世的泥淖里，却不甘心就此沉沦，挣扎着追求心中的理想。

这是典型的美国式个人主义精神。20世纪六七十年代，美国的经济重心逐步从大西洋沿岸向太平洋沿岸转移，加利福尼亚一带经济发展十分迅速，青年一代纷纷去那里淘金，继续做他们的美国梦。朱尔斯也加入了这一行列。然而，他的美国梦在那里就能实现吗？小说没有提供答案，但朱尔斯勇敢追求梦想、勇于冒险的精神却使他成为美国式个人主义的一个典型。

作为一名女性，欧茨往往通过女性身份意识的塑造来揭示个人主义与美国梦之间的辩证关系。

1993年出版的长篇小说《狐火：一个少女帮的自白》

1.欧茨著，李长兰等译：《他们》，南京：译林出版社，1998年，第107页。

是20世纪50年代生活在纽约州北部的一个蓝领小镇上贫穷的五位白人少女组成的帮派兴衰的历史记录，五位少女的头目“长腿”萨多夫斯基是现代小说中最生动、最重要的女主人公之一，她的身上也体现出鲜明的美国性。萨多夫斯基个性极强，她身材苗条，极具诱人的冷艳之美。她的胆量、体力、仇恨和所受到的伤害使她成为狐火帮最引人注目的人物。她拥有领导的品质、令人激动的心、颠覆性的力量和真实的勇气，处处闪耀着理想的光芒，尽管她们的理想盲目而冲动，尽管她们最后走向了失败。欧茨曾说，在她创作这部小说的那几个月里，她心里的书名是《我的哈克·费恩》。并且，这是欧茨小说中在叙述上最富有传奇性和冒险精神的作品。小说中的人物充满豪情，她们都带有“美国梦”式的理想：“‘狐火’帮的马迪和她的姐妹在她们的头领长腿萨多夫斯基的魔力的感召下，凭其少年的未经检验的乐观主义——她们的‘美国性’——类似于哈克贝里·费恩。那天真烂漫的热情的品质，那过去不会给未来投上阴影的感觉，比我们拥有更悠久历史的欧洲人羡慕我们的一种品质，也是我在自己身上发现的一种品质，这种品质如今在我身上似乎并不比我在马迪的年龄时弱，在许多方面与她并无多大不同。做一个‘美国人’就要感到你的生活可以通过自己的行动来改变——你只需行动。”[1]以“长腿”为核心的狐火帮正是通过行动来证明她们的勇敢、乐观和冒险精神的。个人主

1.欧茨著，闻礼华、金林鹏译：《狐火：一个少女帮的自白》，武汉：长江文艺出版社，2006年，前言，第21页。

义特征在“长腿”萨多夫斯基身上表现得十分突出。为了对抗和报复她们憎恨的男人世界，萨多夫斯基策划了少女帮派——“狐火”。她们滴血为盟，共同抵御世俗社会及其压迫者。文身盟誓的那个夜晚，对每个“狐火”的成员来说都是一场勇气的考验。“就像一位兴高采烈登场的魔术师巧妙地变戏法一样，长腿拿出一把碎冰的锥子，握着它，将锥尖放在火上灭菌。一把银色的冰锥，工艺精美，十分漂亮。马迪从没有见过这种冰锥，她双眼模糊，一副惊呆了、吓傻了的模样。”然而，“狐火”的姐妹们却争先恐后地表示——我愿意！我愿意！终于，她们的身体上被文上了用血做的红色“狐火”的标志，“渗出的血滴，痛苦的血滴，针刺的痛苦，留在了马迪左臂苍白的细肉里。于是她咬紧牙关，不哭，也不喊，更不像戈尔迪那样鬼哭狼嚎，装模作样，一脸的汗；也不像兰娜那样缩头缩脑，一个劲地傻笑；也不像丽塔那样拼命咬着下嘴唇，全身发抖。她知道毁伤她的身体，是痛楚的、愚蠢的行为，然而事实上，这却是甜蜜的感觉：我的心里充满了幸福，多么快乐，多么开心啊！”[1]这个秘密的场面虽然流着鲜血，但少女们勇敢的精神却使它像宗教的仪式般神圣。为了展现“长腿”的坚毅的勇气，欧茨特意安排了一个攀登高塔的场景，这个场景的标题是“‘狐火’冒险，使命，胜利”。[2]“没有人有足够的敏捷、足够的强壮、足够的

1.欧茨著，闻礼华、金林鹏译：《狐火：一个少女帮的自白》，武汉：长江文艺出版社，2006年，第28页。
2.同上，第61页。

勇敢、足够的疯狂、足够的醉意爬上纪念公园内的水塔，何况不借助于附在水塔上的那根细细的、铁锈斑斑的梯子”[1]，然而一个十四五岁的少女做到了——她就是“长腿”萨多夫斯基。为了给狐火帮赢得75美元的奖金，“长腿”勇敢地把一个个竞争对手抛在身后，爬上离地面60英尺高的水塔顶端,并在上面做了一个姿势优美的冒险动作！勇敢、坚毅并富于冒险精神的狐火帮开始疯狂报复周围的男人世界：她们当众羞辱对自己的学生进行性虐待的一个数学老师；她们痛打一个要强奸其处于青春期的侄女的男人，她们以性为诱饵引诱好色成性的男人上钩以获得钱财。这帮少女由于先期的频频得手而飘飘然了，很快失去了控制。她们失去了独立思考的能力，跟随着她们的头领“长腿”急剧滑向与日俱增的暴力和不加选择的犯罪道路。她们不仅没有实现最初的理想，还使自己的生活陷入灾难性的混乱。她们的美国梦失败了。但在这个过程中，欧茨却展示了女性身份意识的觉醒，而这，正是“美国性”的真正含义。

3. 美国性与多元和谐

美国是一个移民国家，从18世纪到现在的200多年时间里，不同的种族、民族、族群共同创造了美利坚文化，从而形成了美国文化的多元性。美国“历史学之父”班克罗夫特曾说：“我们的国家既是所有国家的人口的接受

1.欧茨著，闻礼华、金林鹏译：《狐火：一个少女帮的自白》，武汉：长江文艺出版社，2006年，第62页。

者，同样也是它们的思想接受者。若是消灭了世界上任何一个主要国家的历史，我们的命运就会发生改变。”[1]这种文化的多元使得其民族特征呈现出“海纳百川”的包容性。1915年，霍勒斯·凯伦曾在《民主与熔炉的对抗》中指出，美国正处于成为联邦国家的进程之中，它不仅是纯粹的地域或行政单位的联邦，而是作为文化多样性的一种合作，作为全国文化的联邦或共和国。文化的合作就是对“各不相同”的文化因素的接纳、包容与和解，因此凯伦进一步指出：“一个国家的生活和文化也一样，不同地区、民族、职业和其他社团的各不相同的活动形成了民族精神。民族精神就是由这些相异的活动联合而成的。”[2]然而，美国文化不仅仅停留于多元性，它不断吸收世界各国文化的优秀传统并有所超越，从而上升为整体的和谐统一，即多元共生与包容和谐并存的精神追求。这也是欧茨在创作中体现出的精神特征。她在多部作品中表述了自己对宇宙和人类的思考以及想要建立一个道德完满、民主自由的社会的理想和目标。

当今的美国社会，多民族多种族的交融日益增强，多元文化的发展日趋繁盛，而文学中“美国性”的建构也日趋复杂和鲜明，即在多元价值体系下的和谐共生。

对于作家来说，如何通过对社会问题的观察与描写，

1.布尔斯廷著，谢延光等译：《美国人：建国的经历》，上海：上海译文出版社，1989年，第580页。
2.转引自余志森，包秋：《浅论美国多元文化主义》，《华东师范大学学报》，1995年，第6期。

深入揭示人性的危机，发现人性堕落的社会根源、伦理根源、心理根源，并对民族特性和民族形象进行创造性书写，是一个艰难的使命。许多评论都认为欧茨的作品是对暴力和血腥的展示，但实际上，欧茨始终致力于探寻解救之道，呼吁建立一种基于关怀伦理之上的和谐文化，使个体最终获得成功和幸福，可以说，这是欧茨小说中美国梦的一种延续。

欧茨向读者展示了许多个人主义奋斗史中的悲剧性事件，然而，在她的多部作品中，结尾都不同程度地透露出成功、向上、快乐与幸福的浪漫主义曙光。例如，《大瀑布》中阿莉亚把三个孩子抚养成人，德克最终洗清冤屈，追思会上，非常欢快、非常美国化的音乐和清新舒适的空气让人产生“想要永远活下去”的强烈愿望。《妈妈走了》的结尾是曾经叛逆和玩世不恭、认为爱情是笑话的尼基找到了爱情，斯特拉巴恩对她说了此生最为重要的一句话：“你会记住这一切，并好好活下去的。尼基，我会帮你的。；[1]《中年》里中产阶级的代表奥古斯塔经过深刻的精神危机最后回归了家庭，“他们亲吻时一定不无羞涩而又充满希望；做爱时，一定充满柔情，努力原谅对方在人生路上走过的坎坷。泪水溢满奥古斯塔的眼眶，但不是痛苦的泪水。‘我回到了你的身边，欧文。永远不再离开’”。[2]；即便是所谓“暴力”展示最多的《他们》，

1.欧茨著，石定乐译：《妈妈走了》，武汉：长江文艺出版社，2006年，第321页。
2.欧茨著，李尧译：《中年——浪漫之旅》，北京：人民文学出版社，2004年，第634页。

欧茨也没有忘记在结尾让朱尔斯到洛杉矶开始他新的人生。这种浪漫主义的曙光和欧茨小说所暴露的阴暗、暴力、死亡形成一种张力，使她的作品在呈现后现代危机的同时，还昭示了逃离悖谬、消弭纷争、和谐共生的价值追求。在她看来，混乱的张力并不是“美国性”的实质，其实质是多元化张力下的和谐，她所追求的是揭示悖谬，从而实现艺术解除现实悖谬的功能。奥地利维也纳实用艺术大学教授爱娃·琼·福克斯说：“艺术家的责任是振奋生活。”[1]欧茨用自己对“美国性”的诠释做到了这一点，这也是其小说灵魂之所在。从17世纪初开始移民北美的欧洲人不是逃避宗教迫害，就是寻求经济解放，无论如何都是在追求个性自由。正是这种追求使个人主义成为美国文化的核心。在欧茨的小说中，这种个人主义主要表现在个人奋斗、勇敢和冒险精神。

第二节　美国城市

土耳其诗人乔纳姆·希克姆说过，人的一生中有两样东西是永远不会忘记的，那就是母亲的面孔和城市的面貌。德国著名的历史学家和历史哲学家奥斯瓦尔德·斯宾

1.爱娃·琼·福克斯，《艺术家的责任是振奋生活》，《美术》，2003年，第11期。

格勒说：“世界的历史就是城市的历史。”[1]城市是人类的栖居之地与生存空间，它记载了人类文明发展的进程，同时承载了各种现代精神形式及意识形态的生产与播散，进而形塑着各种不同人格的成长空间。

19世纪后期，美国已经发展成为工业大国和农产品出口大国。从1869年至1899年，全国人口增长了几乎3倍，农业生产增长了1倍，制造业生产总值增长了6倍，美国逐渐成长为一个以大生产、高消费为特征的城市工业社会。城市化愈来愈成为美国社会的一个显著特征。随着城市的急剧膨胀，文学中的乡村风格逐渐让位于来势凶猛的城市口味，愈来愈多的城市景观充塞在文学作品中。随着现代化进程的推进，城市作为一种理论话语，在西方理论界得到越来越多的重视。

可以说，欧茨是一个城市作家，不仅仅是因为其生活在现代都市中，还因为她的大多数小说也以城市为背景，表达她独特的城市体验。欧茨在作品中对美国城市进行了全景式的描绘：从芝加哥到底特律，从洛杉矶到拉斯维加斯……仅仅是以纽约为背景的长篇小说，就有七八部。例如，《我带你去那儿》以纽约州尼亚加拉县的斯特里克斯维尔和锡拉丘兹大学（雪城大学）为背景；《狐火：一个少女帮的自白》描述的是靠近安大略湖的纽约北部的一个蓝领小镇——哈蒙德市；《妈妈走了》也选材于与安大略相连的纽约州的伊弗里姆山；《大瀑布》当然是指纽约州

1.奥斯瓦尔德·斯宾格勒著，齐世荣译：《西方的没落》，北京：商务印书馆，2001年，第206页。

北部的尼亚加拉大瀑布（作者说，大瀑布无论是在历史还是在地理上的精确描述都已数不胜数，但仍需要强调指出的是，纽约及其郊区最终被人们传为神话了）；《中年——浪漫之旅》则把故事发生的背景放在了纽约的中心——曼哈顿郊区的哈得孙-盐山村。

一方面，欧茨通过对这些城市的描述和现代都市经验的叙述，完成故事的叙事功能，表达出主体的自我意识与生命感觉；另一方面，主体意识参与对城市空间的体验与感觉，创作主体在对城市空间的言说中表达了现代主体的自我生命感觉与生存样式、社会意识及社会意义。由于现代都市空间与人类生存的双向同构及互相形塑的关系，在欧茨的小说中，城市不仅是创作主体的言说对象，而且创作主体与人物对象通过审美观照而形成了意象化的生存空间。因此，城市在欧茨的小说中就不仅仅是人物生存的物质环境与时代背景，城市与人物更具有一种亲密的精神联系。城市的物像作为一种文化镜像深潜在人物精神结构的底层，它从精神上改变并塑造人物的心理结构、本能结构与行为逻辑。

美国环境设计理论家凯文·林奇在其著作《城市意象》一书中提出过“城市意象”这一概念，他从特性、结构和意蕴这三个方面对城市意象进行了解释。城市意象是为人们所接受的稳定的城市结构，是建立在人对城市的感知体验基础上的认知图景。林奇特别强调了城市意象“感知”和“心像图绘”的意味：“似乎任何一个城市，都存在一个由许多人意象复合而成的公众意象，或者说是一系列的公共意象，其中每一个都反映了相当一些市民的意象。如果一个人想成功地适应环境，与他人相处，那么这种群体意象的存在就十分必要。每一个个体的意象都有与众不同之处，其中有的很少甚至是从未与他人交流过，但它们都接近于公共意象，只是在不同的条件下，公共意象多多少少地，要么非常突出，要么与个体意象相互包容。"[1]由此我们可以发现，城市意象这一概念在提出之时就裹挟着人对于城市的感知、经验、理解和认识，生动地存在于群体和个体的精神世界之中，而不仅仅是对城市物质形态的客观描述或简单认知。城市意象是建立在人对城市的感知体验基础上的心灵地图，代表着人对城市的感觉、经验和记忆，是真实地生活在当代城市中的人们通过主体的感知体验绘制出的城市景观。

接着，林奇又将城市意向中研究的内容归纳为五种元素：道路、边界、区域、节点和标志物。

道路可以包括机动车道、步行道、长途干线、隧道或铁路等等，它是城市意象中最重要的元素。人们在城市的道路中移动，同时观察着各自眼中不同的城市。边界是城市中两个不同部分的边界线，比如海岸、铁路、围墙、栅栏等等，它能把一些看似普通的区域连接起来，对许多人来说它在组织特征中具有重要作用。区域的含义是城市中的分区，因为区域具有某些共同的能够被识别的特征，因此人们从心理上有进入其中的感觉，从而进一步使用区域

1.凯文·林奇著，方益萍等译：《城市意象》，北京：华夏出版社，2001年，第35页。

来组织自己的城市意向。节点是在城市中观察者能够进入的具有战略意义的点，是人们往来行程中的焦点，可以是一个区域的中心和缩影，更是一种象征，因此几乎在每个城市意象中都会找到节点。标志物是点状参照物，和区域不同的是，观察者只是位于它的外部而不是进入内部参与其中，比如建筑、山峦或店铺这类比较突出的元素标志物经常被用作确定身份或结构的线索，随着人们对旅程的逐渐熟悉，对标志物的依赖程度似乎也越来越高。

在城市生活中，这五个元素类型不是孤立存在的，节点组成区域，边界限定范围，人们通过道路在城市中穿行，城市空间中到处散布着各种标志物。他们各自独立，又彼此交叉，共同构成城市的整体意象。

在欧茨的小说世界中，林奇的这五种元素不断意象着其可意象的城市，塑造着欧茨笔下鲜活的城市和城市中的人。可以说，作家借用这五种元素不断勾勒着城市生活者的心灵地图，通过静止的元素和移动的元素（人类活动）之间的互动，揭秘生活在城市中的每一个人和自己生活的城市之间的密切联系。因此，城市不仅是建设者们长久以来不断建设改造的产物，也是成千上万不同阶层、不同性格的人们在共同感知的事物，更是欧茨笔下人物形象与其生活的外部元素共同达成的一致景观。

“大瀑布”本身是一个标志物，在整个环境中它以醒目的存在令人难忘，或者可称为一种象征，它是“自杀天堂”，又是独一无二的背景。它巨大的落差和雄伟的气势使其引人注目。作品中的几个人物，都为大瀑布所深深吸引，投水自杀的厄尔斯金，在前往大瀑布的途中回忆了自己短暂的一生，即便犹豫不决，在最后的一瞬，还是被绚丽的水雾和彩虹所吸引，毅然决然地纵身跳入了大瀑布。阿利亚的女儿朱丽叶，总是在冥冥之中听到来自大瀑布的父亲的呼唤，于是她为这个声音所困，情不自禁地走向了它……除了标志物，小说中的道路、边界、节点、区域随处可见，它们并不是简单的总和，而是各种元素相互作用相互叠加，形成既抽象又具体、既单一又丰富的城市意象。"一条狭窄的石子路一直通向进入墓地中心的大门那里，门没有关，但是如果沿着这条路向前，走着走着就会突然发现前面没路了。这里有许多排墓碑，死者都生于20世纪初，死于40年代到60年代之间。现在已经是10月，但今天却热得出奇。阳光灿烂，没有一丝风。很难感觉到尼亚加拉大瀑布离这儿还不到2英里。罗约尔发觉，这墓地也和城市一样。这里继续着生前的那种不公平。大多数墓碑都是用石头建造的，风吹日晒，上面沾满了黏鸟胶，而有些墓碑则是用花岗岩或大理石建造的，气势宏伟，造价昂贵，墓碑的正面刻着碑文，光亮无比。"[1]道路，延伸到区域（墓地），区域中又有散布的节点（墓碑），而这里距尼亚加拉大瀑布（标志物）还不到2英里。这种描述与其说是对景观的描述，不如说是人对城市的感觉经验描

1.欧茨著，郭英剑译：《大瀑布》，武汉：长江文艺出版社，2006年，第234页。

画出的心灵地图，欧茨小说中的城市意象呈现出以下三种审美现代性。

一、暴力的城市

劳伦斯认为：美国的民族性中，存在着深刻的矛盾冲突——表面上的“温文尔雅”与骨子里的“残忍凶恶”。欧茨的很多作品似乎是对劳伦斯这番言论的绝妙注释。每个阅读过欧茨作品的读者，扑面而来的第一个印象就是欧茨的暴力，甚至许多作品的开头即为暴力和死亡场面。《他们》的开篇是一场血腥的枪击案，16岁的少女洛雷塔的男友伯尼在睡梦中死于非命，床上、地毯上和天花板上满是鲜血和脑浆，洛雷塔在哥哥的枪声中结束了少女的美梦。《奇境》同样以暴力构造开篇格局，破产的加油站老板——杰西的父亲威拉特·哈特残杀了除杰西外的家人后自杀了。《大瀑布》的第一句话是：“有一个人后来纵身跳入了马蹄瀑布。”[1]在纽约州尼亚加拉大瀑布的彩虹酒店度蜜月的阿莉亚一夜之间成了寡妇新娘。《狐火：一个少女帮的自白》讲述的是一帮十几岁的少女用疯狂的暴力对抗男权社会的故事。《妈妈走了》也是由一场暴力死亡引发的故事，在2004年母亲节后的第三天，刚刚组织了母亲节聚餐的妈妈戈文·伊顿在车库里被残忍地杀害了……

暴力表现得最集中的小说就是获得国家图书奖的《他们》。在《他们》中，欧茨对暴力的描写不遗余力，展示了一个阴森可怕、物欲横流、黑暗血腥、没有丝毫安全感

1.欧茨著，郭英剑译：《大瀑布》，武汉：长江文艺出版社，2006年，第3页。

的美国社会。欧茨刻意制造暴力的场景，用“狂风暴雨”般密集的暴力挑战读者的想象力以引起人们对美国当代社会的深入思考。我们知道，在底特律和纽约南部及西部有数百万人过着普通的生活——中等收入，没有谋杀，没有犯罪欲望，也无须精神治疗或保护监禁。但是这些平常的生活没有被欧茨作为小说的场景，因为它们无法挑战欧茨的想象力。她在一篇文章中说：“对我来说，太‘容易’的事情没有任何吸引力”，只有那些看起来“令人兴奋”“具有挑战性”并且“极其困难”的工作才能激起她的写作欲望。欧茨笔下的角色要么很富裕要么很贫穷，要么罪犯要么生病，特别是凶杀和暴力更能体现欧茨对这些“挑战性”情节的偏爱，因此在小说中暴力随处可见。例如，在短篇小说集《爱的轮盘》中收集了20个短篇故事，粗略统计其中有10个精神病，3个自杀，2个企图自杀，2个杀人，还有3个其他种类的暴力。

正如欧茨在评论集《直言不讳》写的那样：“由于暴力是一种浪漫，与青年的活力密切相关，所以浪漫本身也就成了一种暴力，一种狂风暴雨的感觉。尽管小说非常严密而深刻，在1967年‘种族’骚乱之前几个月里朱尔斯·温达尔也身陷其中，但对已经消失了那些岁月的底特律而言，《他们》却是一个情人节；底特律处于它的经济力量的高峰期，属于典型的美国城市；它是世界汽车制造业的首都；对它的居民来说，它是化学——红色的落日、烟雾弥漫的空气、无情刺眼的风合成的狂想曲；穿过古老街区的新建的高速公路，以及阵阵破坏性的咆哮的旋风；立交桥，铁路轨道和轰鸣的火车，工厂和工厂的黑烟，铁灰色的、油腻腻的、翻滚的底特律河，漫长的、延伸到八英里路和费恩代尔的伍德沃德林荫道，第一批‘白人’郊区；宽广杂乱的格拉提奥大道，大河街，小约翰外行车道，密歇根、加斯……这种直率的音节，这种抑扬顿挫，构成了这个中西部城市的真正音乐；先前的居民一直背诵它们，就像背诗一样。我多么像个放逐的幽灵似的不断地重访底特律，在这些街道上徘徊，注定要寻求——寻求什么呢？朱尔斯、毛丽恩和他们勇敢的母亲洛丽塔寻求诱人的珍宝，但却不知道给它起什么名字。”[1]

“在欧茨看来，这种暴行并不是由于社会状况或心理创伤引起的，暴行本身就是一种社会状况，是美国人性格中与生俱来的一种向性（Tropism），这种向性根据历史和环境以不同的形式显示出来。”[2]这种暴行掩盖和粉碎了爱和家族的关系，这是欧茨小说想表现的潜在的事实。

出版于1981年的《光明天使》也是暴力场面的集中展现。

侏儒般的莫里斯•哈勒克天生一张猴脸，既矮小，五官又挤成一堆。他是哈勒克铜铝有色金属公司的继承人，又是美国联邦司法委员会主席，因此，他娶到了美丽又充满魅力的伊莎贝尔。伊莎贝尔的生活豪华奢侈，有十几个情夫，并最终与她最钟爱的情人尼克一起半引诱半逼迫莫

1.欧茨著，徐颖果主译：《直言不讳：观点和评论》，武汉：长江文艺出版社，2006年，第298页。
2.刘莉：《乔伊斯·卡洛尔·欧茨小说述评》，《渝西学院学报（社会科学版）》，2003年，第4期。

里斯承担了受贿的罪行并自杀。尼克由此谋取了莫里斯的职务，伊莎贝尔则取得了哈勒克家族的巨额财产。莫里斯与伊莎贝尔所生的儿子欧文、女儿柯尔斯顿决心要为父亲讨回正义，向母亲和看着他们长大的尼克复仇。于是兄妹俩联合起来为自己取了“光明使者”的称号，任务是揭开父亲的死亡真相，为父报仇。为此，极高智商的柯尔斯顿向仇人献出了自己的身体，有着光明前途的欧文投靠了恐怖组织。最终，欧文血刃37刀，亲手杀死了自己的生身母亲，自己也因心力交瘁而沉沉睡去，他安放的定时炸弹将他们价值连城的家一起炸成了齑粉。与此同时，柯尔斯顿则通过引诱尼克约会，将其灌醉，连砍了他12刀。但她没有彻底杀死尼克，尼克最终大彻大悟，供认了自己收受跨国公司贿赂却又让莫里担当起罪名的恶行。他离开了人欲横流的华盛顿，隐居于故乡的一个偏僻小岛，在精神恍惚中了其残生。小说名为“光明天使”，可是光明在哪里？无论是因为失去爱而自杀，因为贪欲而谋杀，还是因为复仇而举起屠刀，他们每一个人，都没有得到光明。复仇终于成了一把双刃剑，在毁灭他人的同时也将自己的人性泯灭。同时，现代人在城市暴力中艰难地挣扎着，荒漠般的生活空间将他们无情地吞噬了。

总之，欧茨以独特的切入视角展现了美国社会无处不在的暴力倾向。在她的叙事线索中，暴力往往与高潮相伴，成为小说情节中的转折。她作品中的人物身处现代化城市，不仅无法享受现代文明带来的快乐，还总是遭受着从肉体到精神的双重打击，表现出现代人在工业化社会中的坎坷命运和曲折人生。

二、困惑的城市

尼采曾说："我爱森林。城市是不良于生活的：在那里，肉欲者太多了。"[1]

城市远离了自然，它是欲望、荒诞和异化的象征，充满了现代人的困惑。《中年——浪漫之旅》是欧茨探讨现代都市人精神困惑的一部力作。

2001年，"9•11"恐怖事件发生几个星期之后，欧茨推出了这部50万字的长篇小说——《中年——浪漫之旅》。当时，许多家庭还沉浸在那场从天而降的巨大灾难带来的震惊与悲痛之中，人们在对"生命脆弱，命途多舛"发出声声慨叹之余，又赋予"及时行乐"（carpe diem）新的含义。而欧茨《中年》的出版让评论家们惊呼："她简直是个'通灵'的人！"

《中年——浪漫之旅》讲述的是一个当代城市的故事。它发生在纽约中心——坐火车从曼哈顿出发只有半小时的哈得孙-盐山村。纽约作为美国的第一大城市，不仅是美国经济、文化、商业中心，是世界金融中心，更是整个美国城市的代表和缩影。它的核心地带曼哈顿，更是美国中产阶级的天堂。然而，在这座人人向往的"天堂"里，在辉煌和富足的表象之下，却隐藏着精神与伦理的危机。欧茨在这部作品中对美国当代社会进行了全景式的描绘，种族歧视、青少年犯罪、单亲家庭、独身、离异、同

1.尼采著，尹溟译：《查拉斯图拉如是说》，北京：文化艺术出版社，2003年，第125页。

性恋、婚外情等均有涉猎。但她把作品的灵魂，聚焦在一群出生于20世纪四五十年代、韶华已过、青春不再的中年男女以及他们面临的精神困惑。

雕塑家亚当·贝伦德为救一个落水的女孩不幸身亡。他的死给周围活着的人带来了震撼，特别是爱恋他的四个女人——玛丽娜、卡米拉、阿比盖尔和奥古斯塔。小说采用平行结构追溯了亚当去世前的一年这些盐山村人的生活和他们所遭遇的中年危机。他们虽然住在曼哈顿郊区，拥有着金钱和地位，但富足的生活并不能驱走内心的空虚和孤独。在这里，富裕、美丽、秩序比贫穷、丑陋和无序更让他们显得浅薄，精神更加萎靡。然而，同是生活在盐山村的亚当，却获得了精神上的充实和富有。亚当虽然生活简朴，却被称为盐山村的苏格拉底。他出身贫寒，却通过超出常人的毅力和努力成为拥有千万资产的富翁和小有名气的雕塑家。和盐山村精神空虚的中产者不同，亚当清心寡欲、深居简出，他开二手车，用二手货，却以许多不同的化名，将一笔又一笔巨额资金秘密投入公益事业。他像自己创作的雕塑《拉奥孔》中的英雄一样，和缠身的巨蟒奋力抗争，用别人无法理解的方式无情地嘲弄当代美国光怪陆离、肉欲横流的上层社会。然而，正是这样一位与现实格格不入的"另类"，在盐山村的男男女女中产生了巨大魅力，以至于大家难以从他死亡的阴影中走出，失去了生活的重心和精神寄托。痛定思痛，他们不约而同地怀念亚当，并重新开始人生之旅，寻找生命的意义：玛丽娜用劳动寄托对他的哀思，最终成就了自己的事业；卡米拉精神空虚、百无聊赖，将一片爱心投入保护“走失动物”的工作；阿比盖尔找到了奉献母爱的最好方式；奥古斯塔抛夫别子，历经千难万险，横穿美洲大陆，终于弄清亚当·贝伦德的身世。而随着众人在追寻新生活过程中的不断回忆，亚当这个悲剧式的英雄形象也渐渐丰满起来，他对艺术的追求、对生活的热爱、对他人的奉献不断展现在读者面前。这个丑陋而怪异的男人成了女人们心目中的楷模和英雄，她们疯狂地爱着他，仿佛从他身上看到重塑自我的希望和力量。有评论家指出：“《中年——浪漫之旅》最大的成功就在于它描绘了文学与通俗文化很少触及的当代美国的一种现象：富裕的中年人在生气蓬勃的青年时代过去之后，盛行用浪漫的或者其他可以想象出来的方式重新塑造自己。”[1]

“这是历史转变的新纪元，是21世纪的新开端。一个突然停止又突然开始的新时期。一个探索、合并、不知不觉之中消亡的时期。你可以将饱经风霜的面皮剥掉，换一副新的、赏心悦目的面孔。”[2]这便是欧茨在新世纪开始之际，向我们揭示的一个深刻的主题。

三、多元的城市

作为一个白人女性作家，欧茨无疑是主流群体的代表。然而，随着对自己犹太血统的发现，欧茨开始对多元身份问题进行了深入的思考，以混合文化视角重新审视当

1.欧茨著，李尧译：《中年——浪漫之旅》，北京：人民文学出版社，2004年，前言，第5页。
2.同上，第252页。

代美国社会。

20世纪六七十年代，美国文坛涌现出大批犹太裔小说家，其中包括分别于1976年和1978年获诺贝尔文学奖的索尔·贝娄和艾萨克·巴舍维斯·辛格，还有荣获美国国家图书奖的伯纳德·马拉默德，获得普利策奖的菲利普·罗斯以及诺曼·梅勒和约瑟夫·海勒等。犹太文学从那时起在美国文学中占据越来越重要的地位。

发表于2003年的长篇小说《文身女孩》（The Tattooed Girl），是欧茨第一次触及犹太身份认同问题。欧茨开始关注犹太题材和自己的身世有关。就在构思《文身女孩》前不久，欧茨得知自己身上原来具有四分之一的犹太血统：欧茨的祖母是犹太人后裔。为了逃避宗教迫害，祖母在19世纪末离开德国，作为移民来到美国，随后便放弃了犹太教信仰。因此欧茨才最终出生在纽约州北部的一个“名义上的天主教”家庭中。正是有关家族历史的这一惊人发现促使欧茨开始对犹太问题进行思考。从某些意义上说，《文身女孩》也是一部带有个人化色彩的作品。以自传体方式书写是不少作家擅长的叙事策略。欧茨的这部作品虽然称不上自传体，但她对个人身份的寻求实际也是对犹太文化身份的寻求。《文身女孩》的男主人公西格尔是犹太难民的后裔，他的父辈经历过“大屠杀”，西格尔以此为蓝本创作了小说《阴影》并一举成名。中年以后，西格尔默默无闻地过着隐居生活，家财万贯却病魔缠身；女主人公阿尔马来自社会底层，一次偶然的机会被西格尔聘为私人助理。她对犹太人怀有强烈的憎恨之情，并且认为所谓“大屠杀”只是一场子虚乌有的骗局。男女主人公之间的暴力冲突体现了作者寻根的努力和对犹太身份的探索，表现了当时特有的文化冲突。

更突出地表现欧茨的犹太寻根意识的是发表于2004年的短篇小说《表姐妹》[1]。这是一部书信体短篇小说，以“二战”时期纳粹灭绝犹太种族的大屠杀（the Holocaust）为背景。小说的内容就是29封信件，是2名年过六旬的美国犹太裔妇女从1998年9月14日到1999年10月12日之间的来往信件。

这些信件是由芝加哥大学生物人类学教授芙瑞达·摩根斯顿出版的一本回忆录《死里逃生：童年往事》引起的，摩根斯顿教授的书回忆了“二战”期间自己亲身经历的犹太种族大屠杀，而这本书恰好被一名自称“丽贝卡·瓦尔特”的美国犹太中产阶级妇女读到，于是丽贝卡开始不断地给摩根斯顿教授写信，希望和这位深深牵挂、失散多年的“表姐”认亲。信件的主要内容就是围绕“认亲”这个中心展开的。从这29封信件来往中，我们可以解读这篇短篇小说中所包含的文化内涵：

首先是大屠杀集体记忆与犹太寻根。

《表姐妹》首先要表述的是一种强烈的犹太人的寻根意识。丽贝卡和表姐芙瑞达的故乡都是德国巴伐利亚州的考夫博伊伦市（Kaufbeuren）。1936年，战争尚未开始，

1.该短篇小说最先发表在《哈泼斯杂志》2004年7月号，2005年选入《美国年度最佳短篇小说选》，2006年4月最新出版的欧茨短篇小说专集《极度孤单：1966—2006新作加精选》中也收录了这篇小说。

当有钱的犹太人被允许移民的时候，丽贝卡一家跟随其他欧洲难民从考夫博伊伦移民到美国纽约，丽贝卡就出生在难民船上。1941年，当萨拉姨妈一家打算移民纽约投奔姐姐时，形势却发生了变化。由于第二次世界大战爆发，美国拒绝接受移民，姨妈一家搭乘的“马雷亚号”轮船在港口被美国政府阻拦。976名难民“像牲口一样被送回希特勒手中”。更为不幸的是，姨妈全家人被纳粹德国投入了在捷克设置的特雷津集中营。到集中营不久，芙瑞达的父亲与家人失散，姐姐病死，哥哥遭践踏惨死，母亲被迫协助纳粹管理集中营中的犹太人事务。1956年，芙瑞达移居美国，先在纽约的哥伦比亚大学读书，经过多年努力后来成为著名的芝加哥大学生物人类学教授。

小说采用了双重叙述线索展开情节：一条线索是丽贝卡的叙述，一条线索是芙瑞达的叙述。丽贝卡的叙述首先展开。表面看来，丽贝卡不是大屠杀的亲历者，也没有遭遇表姐芙瑞达一家那样的伤害。但可以说，她的一家都成了“大屠杀”的间接受害者。“母亲从未能够从那次的打击中恢复过来。当‘马雷亚号’在港口被阻拦回去以后，她放弃了所有的希望。”此后，“不经常跟我们说话”并且“经常生病”的母亲郁郁寡欢，一直到被父亲枪杀，母亲都念念不忘姐姐萨拉一家的悲惨遭遇。父亲自杀后，侥幸逃脱的丽贝卡失去了两个哥哥，一个人孤独地生活，饱尝了种族歧视之苦。因此，即便在生活富足之后，陌生、疏离和无根的感觉还是挥之不去。她迫切地想和表姐相认，迫切地需要摆脱“精神上的孤独者”的现实处境。

除了血缘关系，把这对表姐妹真正联系在一起的，便是关于“大屠杀”的集体记忆。富足的物质生活根本无法抹去这份深入骨髓的伤痛记忆，更无法向包括丈夫在内的任何一个人倾诉。尽管表姐芙瑞达误解了她所说的这份“寂寞”，她还是要执着地寻找与表姐共同的犹太之根。实际上，不仅是丽贝卡和芙瑞达两个人的命运被“大屠杀”联系在一起，两个家庭甚至无数家庭的命运也因此被紧紧联系起来。犹太大屠杀后，无论是对芙瑞达这样的幸存者，还是对丽贝卡这样身处异乡的犹太后裔来说，犹太民族历史上这最浓重的黑暗和灾难都无法被抹去，这段犹太人的悲剧历史及伤痛也永远载入了记忆中，作者欧茨本人的犹太寻根意识也在这里得到了体现。

其次是文化裂变与身份认同。

《表姐妹》的另一条叙述线索是表姐芙瑞达的信件。从芙瑞达断断续续的叙述中，我们可以体察到犹太移民及其后代在美国的生活遭遇、他们对犹太传统的背离和美国化的过程、他们与美国文化的尖锐冲突和对立以及他们在美国化生活的冲击下发生的“文化裂变”。芙瑞达经过不懈的奋斗，终于“融入”了美国主流社会，她甚至因为出版了一本回忆录而成为名人。芙瑞达的外表非常强干，在她的一生中，“从没有表现得像一个谦卑的女人”，面对宿敌，她总是“勇敢地面对”“从不退缩”，而且，只要有机会，“就要报复”。她作为大学生物人类学教授，从事研究、教学、写作和指导博士生工作，出版了多部学术专著，在学术会议上是“言辞激烈又充满智慧讲真话的人”。从外表看来，芙瑞达似乎完全融入了美国社会，成了一个真正的美国人。她甚至拒绝和丽贝卡相认，不愿打开记忆的闸门，对自己的犹太身份有一种本能的心理拒斥。然而，从她的回忆录中，丽贝卡还是捕捉到了她绝望的灵魂。芙瑞达终于承认自己的回忆录是为了追求“新颖”和“效果”而进行的有虚构成分的创作，为了使自己的回忆录“与其他这种类型的回忆录进行竞争”，有意淡化了叙述者的痛苦和屈辱，以引起更多的争论。然而，功成名就没有让她摆脱内心的孤独和不安，一方面，她用强者的姿态完成了美国化的转变，另一方面，她又无法摆脱犹太身份的纠缠，这是犹太移民在美国发生的“文化裂变”的一种写照。丽贝卡身上同样体现出了这种矛盾性。表面看来，丽贝卡和成千上万的美国中产阶级白人妇女一样，过着优越富足的生活。为了适应美国社会，她努力地融入主流社会。她说：“我父亲，雅各布·施瓦特相信在动物界，弱者很快会被吃掉，因此我们必须时刻将我们的软弱掩藏起来。而我们比动物所要面对的要多得多，我们很清楚这一点。”她好像已经远离了过去的伤痛记忆，连芙瑞达都认为她是个典型的“美国表妹”。丽贝卡偶然看到的芙瑞达的回忆录唤醒了她尘封的记忆，也唤醒了深埋在内心深处的孤独，她开始重新面对自己的犹太身份，执着地向多次拒绝自己的表姐认亲。然而，当姐妹的感情越来越亲密和融洽时，丽贝卡却身患绝症。欧茨采用书信体的形式、用双重叙事线索营造了两个独立的叙事空间，表现了对犹太身份认同的深刻思考，同时描述了美国犹太人在两种文化之间的“边缘”状况，正如美国犹太小说家索尔·贝娄所描绘的“做犹太人难，不做犹太人更难”的尴尬处境。

第三节　女性书写

美国特性的文学建构与美国形象的塑造是分不开的，在欧茨的小说中，“美国性”的建构尤其表现在女性形象的塑造上。作为一个女性作家，妇女一直是欧茨在创作小说时着墨最多的对象之一。在她的作品中，各式各样的女性形象汇聚成一个生动的美国女性群谱，活跃在美国当代文学史中。正如《他们》中的女主人公温德尔·莫琳所问的那样：作为一个女人意味着什么？欧茨小说的核心内涵之一就是围绕这个焦点来展开她对当代美国女性问题的叙述。欧茨侧重于反映美国社会下层人物的生活，善于以女性的视角表现对弱小人物，尤其是受尽苦难和屈辱或误入歧途的女性的命运的探索、同情和关切，深入透析她们精神蜕变的社会原因，同时抨击美国社会对妇女的歧视和重压，指出当代美国妇女面临的困境，并对否定女性的传统观念提出质疑和抗议。但如果把欧茨当作一个女权主义者，那就犯了根本性的错误。欧茨一向主张女作家不要局限于写女人，她不是一个女权主义者，对女权主义也没有太大的兴趣，虽然她的创作始终关注着妇女问题。欧茨以客观的态度看待女权主义和妇女，她说：“女权主义在我们美国文学传统中是一个拥有强大生命力的分支，它可以追溯到19世纪——虽然艾米莉·迪金森本人不是一个女权主义者，但她以大胆的、反传统的、革命性的洞察书写了女性在其所处的文化中以及在认识自己的过程中的边缘状态，了解她的人认为她是有点神秘的天才作家。我自己的女性主义是我信仰人人平等的一个自然延伸——女人应该和男人一样同工同酬，也应该享有同样的机会。在我的作品中，女性主义有多方面的含义：我经常从女性的视角写作，对那些被剥夺选举权的人们给予巨大同情，同时对年轻一代给予特别的关注。”[1] 欧茨通过这种富于个性的女性主义书写传达自己独特的流动的生命感，正如王岳川所言：“女性以自我意向、自我肉体态度、自我的审美情趣，作为自己生命拯救的隐喻，使自己既书写在历史之

1.转引自欧茨发给作者的邮件，原文是：Feminism is a strong，invigorating strain in our American literary tradition going back to the 19th century - though she was not a "feminist" per se，Emily Dickinson wrote with the boldness，iconoclasm，and revolutionary insight of a woman who was both marginal to her culture and yet knew herself，and was viewed by those who knew her，as clearly superior - a writer of a mysterious sort of genius. My own feminism is a natural extension of my belief in the egalitarianism of all peoples - women should be paid for their work exactly as men are paid，and should be offered the same opportunities. In my writing，the "feminist" strain is self-evident：I very often write from the female perspective，with immense sympathy for the disenfranchised and the very young，in particular.

中，又书写在当下。”[1]

女权主义的代表人物伊莱恩·肖瓦尔特在其名作《她们自己的文学》中将妇女文学的发展过程划分为三个阶段：女性阶段——女性作家模仿主流文学流行模式并通过对主流文学各种规范的内化与吸收力求达到男性文化的标准；女权阶段——女性作家反抗主流传统的价值标准，挣脱男权社会的羁绊，争取自己的独立价值与权利；女人阶段——侧重于描述女性摆脱对男权传统的依赖而转向自我发现，寻求自我身份的认同。正如肖瓦尔特所言，这三个阶段的划分和许多女性作家个人创作发展过程是一致的。但对于欧茨来说，这种划分也许并不适用。因为她从来没有刻意地模仿主流文学以达到所谓“男性文化的标准”，也从不刻意地反抗主流传统或树立起一套所谓“女性主义标准”，欧茨一直按照自己的心愿进行她所希望的创作，尽管在不同的时代背景之中欧茨也曾经塑造过带有这三个阶段特征的女性形象。这种随心所愿的创作招致了很多非议和批评：男性批评家指责她没有写出男性视野下的妇女作品，而女权主义批评者又指责她没有提供可以为女性效仿的女性形象。但欧茨始终坚持自己的创作道路，她说：“我经常觉得艺术是人类精神的最高表现——无论以何种方式，前提都是成为一个有创造力的艺术家。”[2]“文学不像政治和宗教，它不是信息的承载，而是让我们了解未

1.王岳川：《中国镜像》，北京：中央编译出版社，2001年，第302页。

2.译自欧茨给作者的邮件。

知生活经验和精神本质的一种方式。英国作家劳伦斯说：‘文学扩展了我们的同情心。’或许这是对所有艺术的最好的定义。”[1]欧茨坚信，只要能表现作者所要探索的人类精神领域，无论采用哪种方式，对一个女性作家来说，都是适用的。欧茨小说从三个方面塑造了具有鲜明“美国性”的女性形象。

一、边缘：美国社会的“他们”阶层

尽管美国是世界第一强国，但其悬殊的贫富差距却有目共睹。据美国学者统计，美国最富有的人约占总人口的20%，而这些人却占有美国人总财富的85%。在美国，每4个孩子中就有1个出生在贫困家庭。出生于20世纪30年代大萧条末期工人家庭的欧茨言称，自己就是美国社会下层阶级——“他们”中的一员。她笔下的女性人物，也多是身处社会底层，无力摆脱命运捉弄，永远游离于主流社会的边缘。对这些弱小人物的同情和关注，一直以来都是欧茨小说创作的显著特色。她们的人生苦旅构成了欧茨故事叙述的主要内容，美国下层妇女的生存困境成为小说着力表现的对象。因此，欧茨小说中描绘的这些“边缘”阶层，首先就是美国社会下层贫困阶层的生动反映。

例如前文所述《他们》中的洛雷塔、莫琳，《狐火：一个少女帮的自白》中的少女帮，《我带你去那儿》中的阿尼利亚等，就是这个阶层的代表人物。然而，在所有这些被边缘化的女性人物中，经济地位的低下并不是造成她们“边缘化”的全部原因。欧茨小说还塑造了另外一种引

1.同上。

人注目的女性形象——她们拥有金钱，甚至拥有知识，却一样在男权社会中失去了自我，以《他们》中的娜旦和《奇境》中的海伦为例。

娜旦是朱尔斯的女朋友，她年轻，漂亮，温柔，娇嫩，富有，招人喜爱，年轻的朱尔斯第一眼就爱上了她，"他不由自主地老想着她，可是却记不清她的面貌。他只记得她的脸上有一种好奇的、敏锐的表情，一种过于谨慎的神情。她那穿着的运动鞋的脚有点儿朝里弯，她那纤细的膝盖白里透红"[1]，有着神圣不可侵犯的大家闺秀的风范。然而，在娜旦美丽的外貌之下，却是极其空虚和苦闷的精神世界。身处男权社会的包围之中，她始终找不到自己的位置。男权社会让女性从母亲、妻子或女儿的角色出发，让妇女充当生育的工具，她们是父亲或丈夫的财产，处于无自我状态。她们的价值也是从社会和男性的利益出发被评定的。就像卢梭所言，女人生来就是为了取悦于男人，做男人的附属品。妇女的天职是服从男人的意志，为丈夫生儿育女。很多女性无法逃脱这种"与生俱来"的命运。因此，娜旦想起自己的人生，经常会"躺在床上整夜整夜地哭"[2]，但又无力改变这种女人的命运。她整天有一种不安全感，甚至影响到性格和脾气："她的情绪有点不稳，不够协调，脾气也暴躁，近乎歇斯底里。"[3]

1.欧茨著，李长兰等译：《他们》，南京：译林出版社，1998年，第276页。
2.同上，第314页。
3.欧茨著，李长兰等译：《他们》，南京：译林出版社，1998年，第314页。

她经常认为“在我的周围什么事情都可能发生，而且我也无法预先知道”。[1]她对朱尔斯的爱情，与其说是爱，不如说是一种对生活的逃避和无奈的选择。“这是我为了活命需要跟你一起做的事情。为了我自己，为了生存，我需要你。我必须爱你。”[2]跟朱尔斯在一起，她会“无端烦躁”，感到“好像总有什么东西在拽着我，要把我撕成碎块似的。我不知道自己需要什么”。“在爱情之后又是什么呢？难道什么都没有了吗？”[3]娜旦失去了女性的自我意识，生活在恍惚之中，甚至亲情对她来说都不再重要。当她远行到加利福尼亚的时候，她甚至“连想都不想”她的父母。当她嫁给了一个很不错的男人——一个公司的法律顾问后，这种无自我状态更加明显，她无法从这桩美满的婚姻中得到幸福，于是又投入了朱尔斯的怀抱。朱尔斯明白，她并不是真正属于他的。娜旦对女人的一生做了无奈的总结：“一个女人就像是一场梦。她的一生就是一场等待的梦。我是说，她生活在梦幻之中，她在等待着一个男人。出路是没有的。虽然受尽凌辱，却没有一个女人能逃脱这种厄运。她的一生就是等待一个男人，如此而已。在这个梦境中有一道门，她不得不从这道门中走过，别无其他选择。她早晚得打开这扇门，穿过它，来到某一个男人身边。对此她没有其他选择。她可以嫁给任何人，但在

1.同上，第315页。
2.同上，第420页。
3.同上，第341页。

嫁与不嫁之间她没有什么可以选择。”[1]正如西蒙·波伏娃所说：“婚姻，是传统社会指派给妇女的命运。直到今天，情形仍旧一样，多数女子不是结了婚，便是结过婚，或准备结婚，或因未结婚而忧郁。”[2]整个社会是以男性为中心建构的，妇女随时在等待而且必须成为男人的妻子。娜旦无法在这种注定的命运中找到生存的自我价值，最后用枪把朱尔斯打伤。

比娜旦前进了一步、具有更多自主意识的，是《奇境》中的主人公海伦。海伦是一个受过教育的知识女性，她的父亲是一位著名的神经化学教授。嫁给杰西后，杰西拼命忙于医院的工作，夫妻间很少交流，海伦在婚姻生活中感到非常苦闷。她虽然“清楚地看到，她与杰西这么早结婚是个错误——不过她从不明说。”[3]作为知识女性，她既有自己的独立意识，又对爱情充满幻想：“她需要躺在他的胳膊上，轻轻对他诉说爱情。一方面她希望独立于杰西之外，一方面又与他连在一起……”[4]然而杰西日复一日的疏忽和冷淡使她精神生活一片空白，她终于意识到：“她在父亲和丈夫之间飘来浮去。他们似乎并不意识到她的真实存在，只把他当作一个媒介，一件物品，一件可爱

1.欧茨著，李长兰等译：《他们》，南京：译林出版社，1998年，第420页。
2.西蒙·波伏娃著，陶铁柱译：《第二性》，北京：中国书籍出版社，2004年，第199页。
3.欧茨著，宋兆霖等译：《奇境》，北京：外国文学出版社，1980年，第358页。
4.同上，第359页。

的物品。”[1]这个“物品”隐喻着海伦作为一个人的主体性的丧失，她曾经对婚姻的所有幻想随着时间的流逝都渐渐消失，她想打破现有秩序的愿望也渐渐变得苍白无力。当海伦翻阅书桌上的纸堆时，“杰西的东西一堆堆地放得有条不紊，各种材料用夹子夹好，沿着桌边交错排列，这样他一眼就能看出什么东西在哪儿。当海伦想到这样井然的秩序一下就能打乱，她感到一种奇特的、令人心醉的兴奋——可是她把东西都一件件放回原处。”[2]杰西的“有条不紊”的“秩序”是男权世界的一个象征，男权社会对女性规定出一套文化标准，他们把女性“夹好”并按照他们的标准固定住，为他们生儿育女并满足男性的欲望。当海伦希望打破这一现有秩序时，她暂时满足于内心的幻想，感到“令人心醉的兴奋”，但很快，她又向强大的男权秩序屈服了，又“把东西都一件件放回原处”。她绝望地接受了生活：“我将来会成为怎么样的人，此刻我都已经体会到了。这辈子算完了。”[3]海伦对男权统治的不满与愤懑，最终没有化为行动，而是在强大的男权统治中放弃了争取独立、完善自我的权利，失去了最后拯救自我的希望。

欧茨塑造的这两个边缘女性形象，既非“天使”，也非“妖妇”；既不是传统女性形象，也不是可供当代女性模仿的新女性形象。她们没有男权文化标准下的“美

1.欧茨著，宋兆霖等译：《奇境》，北京：外国文学出版社，第359页。
2.同上，第356页。
3.同上，第384页。

德”，身处男权社会中又无力抗争。但在当代美国社会中，很多女性却可以在这两个人物身上读到自己的形象，因为它是一种真实的女性经验。女性只有深切地把握自己，才能将自己从被边缘化的历史中恢复地位。

二、差异：两种类型的母女关系

在当代美国社会，作为一个女人意味着什么？欧茨把探讨这个问题的一个聚焦点放在母女关系上。在某种意义上，欧茨作品中的女儿们都在重温和改造着母亲的故事，她们或延续或依赖或逃离或拒绝，形成了形态迥异的母女关系。母女关系直接影响着女儿们在社会中的人格重建，现以《他们》中洛雷塔和莫琳的母女关系与《妈妈走了》中戈文和尼基的母女关系为例，分析女儿在母亲的影响下是如何塑造自我的。

母亲洛雷塔和女儿莫琳的关系始终处于一种相互矛盾的状态。莫琳对母亲既有源自天性的依赖，又不由自主地抗拒。目睹洛雷塔不幸的生活，莫琳渴望着逃脱母亲的模板，她经常“以一种既恼怒又袒护的特殊温情对待母亲。但她明白自己终会像朱尔斯一样出走的……”，[1]而对于洛雷塔来说，自从那个清晨睡在她身旁的恋人被哥哥枪杀，她的人生已经注定要被男性权威塑造，并把这种创伤复制下来，一代一代地承传下去。尽管莫琳是洛雷塔干家务活最多、最听话的孩子，但她还是成了母亲的不幸和愤怒的发泄对象。洛雷塔扭曲的人格在莫琳的心中留下了挥

1.欧茨著，李长兰等译：《他们》，南京：译林出版社，1998年，第193页。

之不去的阴影，她永远无法预测她母亲的下一次爆发，于是她的恐惧和焦虑与日俱增，自我意识开始断裂：“莫琳双眼盯着她妈妈，感到很伤心。她不明白，她的母亲是否正在对一个真正的莫琳说话，对一个虚伪、自私和狡猾的姑娘说话。真正的莫琳难道是那样的吗？”[1]她越来越难以找到自我了。面对常常对她实施暴力的继父弗朗，莫琳感到无端的恐惧：“莫琳怕他，却更怕她妈妈，怕她妈妈的沉默不语。这一切洛雷塔都听在耳朵里，一声不吭地听着，可就是不肯起来帮帮她的忙。”[2]母亲对男性暴力的默默忍受和屈从，让莫琳感到绝望，她惊讶得连哭也哭不出来了，不明白为什么洛雷塔不起身，为什么那个房间里像死一般寂静？为了逃脱令人窒息的家庭，莫琳决定不择手段用身体交换金钱，但不久这个幻想被一场突如其来的暴力打碎了：醉醺醺的继父在一个夜晚暴打了莫琳，之后莫琳经历了一年的半昏迷状态。病好之后，莫琳下决心用唯一可行的方式拯救自己——踏入中产阶级的婚姻，做一个幸福的家庭主妇。她疯狂地追求他的夜校老师——一个三个孩子的父亲，最后如愿以偿组成了家庭。然而，这个苦心经营来的家庭却与爱无关，莫琳只是找到了一个避难所要“过下去”。然而，她真的能摆脱母亲洛雷塔那样的命运吗？朱尔斯的一句发人深思的话暗示着莫琳的命运：

1.欧茨著，李长兰等译：《他们》，南京：译林出版社，1998年，第198页。
2.同上，第205页。

“好妹妹，你自己难道不是他们中的一员吗？”[1]实际上，莫琳永远摆脱不了从母亲那里承传下来的伤痛，她所追求的婚姻庇护不过是表面的一具空壳：“男子汉们还会闯进你的生活。他们还会狠狠地揍你，强迫你叉开你的两腿，难道不可能吗？”[2]莫琳最终还是沦为暴力的牺牲品，她和她的母亲一起在男权世界的包围下沦为悲剧性女性形象。

另一种截然不同的母女关系出现在欧茨长篇小说《妈妈走了》中。欧茨说，此书是敬献给她于2003年去世的母亲卡洛琳娜·欧茨的。这是欧茨已发表的小说中最为动人的母亲形象。

2005年出版的长篇小说《妈妈走了》是一部坦诚、充满激情并极其个人化的小说。主人公尼基，是一个20世纪70年代出生的美国女性。20世纪六七十年代的美国，正是女权主义运动风起云涌的时刻，美国女性的自省意识和社会参与意识大大增强，“二战”后退回家庭做全职主妇的女性开始工作。嬉皮士运动也在60年代末达到高潮，很多家庭把这个时期成长起来的儿女们教育成具有自由主义精神的新一代“嬉皮”（hips）。新一代嬉皮士强调自由，他们抛弃了美国传统的主流文化价值观念，但同时又被当代生活中的享乐时尚和大众趣味所迷惑，失去了自我意识变得随波逐流而又孤独无着。

1.欧茨著，李长兰等译：《他们》，南京：译林出版社，1998年，第575页。
2.同上。

尼基就是新一代嬉皮士的代表。她看似叛逆张狂，实则柔弱多情。这本书就是借尼基之口，叙述了美国北部纽约州一个中产家庭出身的女孩，如何在母亲遇害后走出丧亲之痛、剪断不伦之恋、重拾亲情、开始新生的心路历程。

小说中妈妈正面出场的时间很短，主要是借尼基在妈妈遇害后或明或暗的回忆，展现妈妈生前用宽容和爱心编织起来的亲情的力量。尼基是一个叛逆的青年，尽管出身良好，受过好的教育，衣食无忧，有着称心的职业——在一家报社做自由撰稿人，但她还是我行我素、玩世不恭。她留着怪异的发型，穿着奇特的衣衫，连说话都是嬉皮士的风格，甚至出言不逊。她信仰性解放，花自己的钱，没有亲情和家庭的概念，从没把妈妈当回事，也没把自己当作女儿。2004年的母亲节，当妈妈突然遇害，尼基的内心受到极大震撼。在悲痛与懊悔中，她开始反思母女关系和自己的过去，默默整理母亲的老房子，发现了许多过去没有发现的秘密。

宽容善良的母亲其实经历过很多人生伤痛：年幼时妈妈因为母亲自杀、父亲出走成了孤儿，不得不寄人篱下。家庭阴影使她比其他女孩更渴望亲情和爱情，但却遭到初恋的始乱终弃。婚后，又因出身卑微受到夫家亲戚的轻视。丈夫虽然爱她却并不理解她，甚至连她想做母亲的愿望也予以阻挠。女儿长大后也很少回家，朋友对她利用多于尊重……但妈妈没有被这些苦难压倒，她既不怨天尤人，也不绝望沉沦，而是笑对生活中的一切。妈妈每天的生活充实而快乐，她做义工照看小动物，帮助亲戚朋友，做手工艺品……虽然经历过很多不幸，但妈妈始终把不幸留在记忆里，用宽容对待周遭的责备和挑剔，并因被别人需要而感到快乐。

妈妈的两个女儿成长道路是一帆风顺的，但她们却没有妈妈那么幸福和快乐，尽管她们瞧不起妈妈的生活方式。当瘦弱的妈妈突然离开她们时，平常被她们忽略的亲情此时显得那么重要。她们失去了支撑，种种不如意一下子聚集在一起，她们各自都不得不在生活和感情的旋涡里挣扎，亲情爱情原来千疮百孔，她们自以为的智慧理性原来不过是自欺欺人的矫情和自私。

爱的能力，是一种稀缺资源。人们享受着现代社会高科技带来的一切感官刺激的同时，也失去了最普通平常的道德伦理。妈妈却用她最朴实的言行，影响和教育着女儿们。从她为孩子们抓拍的一张张照片，从她为女儿们做的一件件衣服，从她为大家烘烤的香喷喷的面包……这些生前被忽略的点滴，在她离去之后却活跃在女儿们的心里，最终催发了她们的自省：在平凡的生活中用爱心和宽容充实人生，体验幸福和快乐，才能成为自己要成为的人。

《妈妈走了》也是以一场暴力（母亲戈文的死亡）开端的，但这场暴力却成为女儿精神的救赎，与《他们》中的母女关系形成了鲜明的对照。这两种迥异的母女关系的精巧构思显示出欧茨作为一个作家的天赋——她几乎从不用一个可以预见的结果重复同样的故事，而是在不同的社会背景以及不同的环境和心理因素下展示两个“女儿”不同的特质，捕捉当代美国女性的细微差别。最重要的是，欧茨通过塑造一系列“母亲-女儿”的形象，引导读者重新审视美国当代社会和文化的内涵。

三、融合：双性同体与理想女性人格

欧茨标榜自己“女性主义”作家的立场不同于其他女作家，她的小说所宣扬的女性主义理念并不止步于描述某种女性处境，而是企图跨越性别和种族，塑造出理想的女性形象，表达作家的一种道德境界。为了达到这一目的，欧茨刻意打破性别疆界，例如她常常喜欢挑战男性题材，她甚至还出版过一本关于“美国拳击赛与暴力”的文化评论，这让读者阅读其作品时很难猜测这到底是出自男作家还是女作家之手。所以说欧茨的女性主义不在强调“自主”，而在于“融合”。即便是女权主义最为高涨的年代，她也很少创作符合“女权主义标准”的女性形象以迎合时代潮流。欧茨追求的是一种基于平等的“融合”，一种男女性别特质和谐共处的理想女性人格——双性同体。

1929年，英国意识流女作家弗吉尼娅·伍尔芙在她的长篇论文《一间自己的屋子》里，提出了“双性同体”的思想，她说：“在我们之中每个人都有两个力量支配一切，一个男性的力量，一个女性的力量。在男人的脑子里男性胜过女性，在女人的脑子里女性胜过男性。最正常、最适宜的境况就是在这两个力量结合在一起和谐地生活、精诚合作的时候……只有在这种融洽的时候，脑子才能变得非常肥沃而能充分运用所有的官能，也许一个纯男性的脑子和一个纯女性的脑子都一样不能创作”，“任何无愧于艺术家称号的艺术家都是或多或少的双性人”。[1]在这里，伍尔芙提出了一种跨性别特征的理想人格，即兼具女性的温柔细致和男性的坚强果敢等性别特征。这个观点与中国的“阴阳互补”观念存在着相通之处，它是女性主义者解决妇女问题、两性关系和男性人格困境的方法和答案。同时，“双性同体”也是瓦解男性中心主义的一个有力手段，解构了长期以来男女性别的二元对立。卡罗琳·G.海布伦在《迈向双性的认识》中指出：“我相信未来的救赎完全超脱性别的两极化和禁锢，而迈向一个允许自由选择个人角色和行为模式的世界。我持的这个理想称为‘双性人格’。”[2]海布伦进而限定了双性人格的含义：“两性间水乳交融的精神，它指的是一个宽广的个人经验的范畴，允许女人具有侵略性，也允许男人温柔，使得人类可以不顾风俗礼仪来选择他们的定点。‘双性人格’海阔天空的本质是无法定义的。”[3]这个观念引申到政治领域，发展成一切对立面友好相处、结合一体的思想。

欧茨本人不是女权主义者，除了与丈夫共同创办杂志，她从未参加过任何文学团体，也没有参加过女性参政

1.弗吉尼亚·伍尔夫著，王还译：《一间自己的屋子》，北京：生活·读书·新知三联书店，1989年，第120—121页。
2.卡罗琳·G·海布伦：《迈向双性的认识》，转引自《中外文学》，第15卷，第4期，第115页。
3.同上。

活动。但她敏锐的洞察力和独特的女性视角，使得她在塑造女性形象时超乎想象地运用了“双性同体”的思想，打破了男女性别的明确界限，将人物的男性气质和女性气质集于一身，塑造了理想的女性人格。《大瀑布》中的阿莉亚就是具有“双性同体”人格的女性形象。

阿莉亚是《大瀑布》中的女主人公。在纽约州尼亚加拉大瀑布的彩虹大酒店里，正在度蜜月的阿莉亚一夜之间变成了寡妇新娘，他的丈夫抛下她跳入了马蹄瀑布。阿莉亚是一个温柔善良的女性，她爱好音乐，有贵族气质，颇具女性魅力。她彬彬有礼，纯洁羞涩，面颊经常会飞出两朵红云，29岁还是一个处女，对未来充满浪漫的幻想。然而，就在蜜月第二天的早晨，一切都改变了。柔弱的阿莉亚被命运毫不留情地抛进了深谷。她痛不欲生。然而，她并没有倒下，反而以难以想象的坚强和勇气面对了这场灾难。阿莉亚不顾别人的劝阻，在大瀑布边上守候了七天七夜，寻找丈夫的尸体。“七天七夜了，人们总能看到大瀑布的寡妇新娘，站在尼亚加拉峡谷边，山羊岛上，或是岸边。……在海岸巡逻船上，阿莉亚·厄尔斯金是唯一的女性，她在现场，让那些男人们很不自在。她处于极度焦虑的状态，精神恍惚。那双布满血丝的眼睛紧盯着波涛起伏的河面，仿佛一具男尸会出现，那么她的搜寻工作就可以结束了。”[1]尽管她“极度焦虑”“精神恍惚”，她还是用那布满血丝的眼睛紧盯着波涛起伏的河面，她有一个信

1.欧茨著，郭英剑译：《大瀑布》，武汉：长江文艺出版社，2006年，第63页。

念——“我是吉尔伯特·厄尔斯金的妻子，如果我成了吉尔伯特遗孀的话，那么找到他的尸体的时候，我一定得在场。我必须照顾好我的丈夫。”[1]这时，女性的温婉和柔弱在阿莉亚的身上渐渐隐退，取而代之的是男性的刚强和坚毅，男性气质和女性气质在这个人物身上达成了和谐。不仅如此，欧茨又将阿莉亚放入更艰难的生活考验之中，进一步凸显这个人物身上的男性气质。阿莉亚第一次丧夫不久，高大、英俊、富有的德克像天使般从天而降，他们很快坠入爱河。然而，生活又开了个大玩笑，在生育了三个孩子之后，阿莉亚的第二任丈夫再次离她而去。德克的死亡不仅带给阿莉亚巨大的伤痛，还给全家带来了危险、困惑和屈辱。然而，阿莉亚又一次抵抗住命运的捉弄，独自抚养三个孩子长大成人，并终于迎来生活希望的曙光。很多年来，一直有一个声音对死去的丈夫德克说：“你走了。抛弃了我。我不是你的妻子。也不是你的寡妇。没有人可以让我如此。永远没有！”[2]阿莉亚用柔弱的躯体承担了她本应和丈夫共同承担的家庭责任和义务，用母爱温柔哺育孩子的心灵，用“父爱”对抗世俗的风刀霜剑。荣格认为，要想使人格和谐平衡，就必须允许男人性格中的女性方面和女性人格中的男性方面在个人的意识和行为中得到展现。欧茨赋予阿莉亚以“双性同体”的理想人格，正是这两种人格的和谐“展现”，一方面，体现了作家追

1.欧茨著，郭英剑译：《大瀑布》，武汉：长江文艺出版社，2006年，第63页。
2.同上，第380页。

求“人人平等”的女性主义观的一个延续；另一方面，作家也通过对小说人物形象的塑造，重新书写了女性生命的价值与意义，真正达到了理想中的“融合”与“共生”。

结语：超越传统 走向现代

以上从欧茨创作的历史文化语境、其小说呈现出的传统意味与现代意味、对传统的超越以及民族特性等几个方面论述了欧茨小说艺术的发展和成熟道路。20世纪当代美国文学的一个主要发展趋势是传统与现代并存，欧茨的小说创作恰如其分地体现了这一趋势。如果说，在此之前欧茨只是被当作一位传统的现实主义小说家而受到注目和称颂的话，那么现在称她是一位“现代意义上的现实主义者”似乎更加精确。欧茨的小说不仅具有传统写实的一面，还具有现代创新的一面。在她的小说创作中，“现代”与“传统”的完美结合充分展示了西方现实主义文学从传统走向现代的这个逐渐发展演变的过程。

2019年，欧茨进入了她81岁的人生岁月。然而，她并没有像其他许多美国作家那样在这个年龄遭遇健康的威胁和创作力的的衰退。甚至当她在2003年和2006年遭遇了两次重大的人生变故——失去母亲和丈夫之后，她依然每年如期推出她的长短篇作品。这是一个令人惊异的女性。掩卷沉思，作为当代美国文学中令人瞩目的一角，在新的世纪开始之际欧茨的小说在美国当代文学中扮演什么角色？它们给予我们哪些启迪？欧茨对传统的超越以及其小说所呈现的现代性会让她和读者去往何方？

当今的美国社会，各阶层矛盾不断加深，多民族多种族的交融日益增强，多元文化的发展日趋繁盛，“多元”与“共融”成为新世纪最为鲜明的主题。同时，贫富差别、等级差别、恐怖主义和青少年犯罪等社会问题日益凸显。而对于作家来说，如何通过对社会问题的观察与描写来深入揭示人性的危机，发现人性堕落的社会根源、伦理根源、心理根源，是一个艰难的使命。欧茨成功地做到了这一点。更为可贵的是，欧茨的作品没有一味停留在揭露和批判的层面，而是积极探寻解决之道，呼吁建立一种基于关怀伦理之上的和谐文化。她的多部作品结尾都向读者展示出浪漫主义的曙光。例如，《大瀑布》中阿莉亚把三个孩子抚养成人、德克最终洗清冤屈。追思会上，非常欢快、非常美国化的音乐和清新舒适的空气让人产生“想要永远活下去”的强烈愿望。《妈妈走了》的结尾是曾经叛逆和玩世不恭、认为爱情是笑话的尼基找到了爱情，斯特拉巴恩对她说了此生最为重要的一句话：“你会记住这一切，并好好活下去的。尼基，我会帮你的。”[1]《中年——浪漫之旅》里中产阶级的代表奥古斯塔经过深刻的精神危机最后回归了家庭：“他们亲吻时一定不无羞涩而又充满希望；做爱时，一定充满柔情，努力原谅对方在人生路上走过的坎坷。泪水溢满奥古斯塔的眼眶，但不是痛苦的泪水。‘我回到了你的身边，欧文。永远不再离开’。”[2]即便是所谓“暴力”最多的《他们》，欧茨也没有忘记在结尾让朱尔斯到洛杉矶开始他新的人生。这种浪漫主义的曙光和欧茨小说所暴露的阴暗、暴力、死亡形成一种张力，使她的作品在呈现现代派特征的同时还充分展示了其对现代性——当代美国社会的时代精神和文化心理的探索和追寻。正如欧茨看重艺术对人生的道德意义和教育作用一样，奥地利维也纳实用艺术大学教授爱娃·琼·福克斯也曾说过，艺术家的责任是振奋生活。欧茨用自己小说创作的实践做到了这一点。

美国现实主义小说从19世纪60年代开始萌芽到发展至今天，其中历经了几番起落沉浮，20世纪末又出现了“新现实主义”概念。美国东安格利亚大学的马尔康姆·布莱德布雷教授在《关于90年代小说创作》的报告中指出：“90年代开始，巨大的环境变化使我们的历史感发生了变化，对于新事物的实验也开始有了一定的惯例常规，即不再反对传统，而继续走传统之路。这就是我们所说的‘后现代

1.欧茨著，石定乐译：《妈妈走了》，武汉：长江文艺出版社，2006年，第321页。
2.欧茨著，李尧译：《中年——浪漫之旅》，北京：人民文学出版社，2004年，第634页。

之后’。”[1]简单说来，“新现实主义”在文学概念上即指人们对“后现代之后”向现实主义回归的文学潮流。

现实主义回归潮流的产生有着多重历史原因和文学本身的原因，其中非常重要的一点就是现代主义和后现代主义文学对形式技巧的过分追求遭到了读者的厌倦。特别是晚期后现代小说，对“中心”和“意义”的过度消解使读者的心理期待极大落空，渐渐遭到读者和市场的冷遇。时代呼唤一种新的直面现实的文学形式产生。于是，很多现代主义和后现代主义作家重新审视传统的现实主义创作方法，不再过分强调形式，而是借鉴和学习现实主义反映生活的方式和态度，将现代主义的写作方法和现实主义的生活描绘结合起来，赋予文学作品以道德和意义，有效改变了后现代主义所崇尚的荒诞、怪异、分解、断裂和拼贴，显示了现实主义与现代主义相互吸收、互相交融的积极成果，现实主义文学又一次达到了新的高度。马尔康姆·布莱德布雷教授甚至认为：所有标榜反现实主义的文学运动实际上都是某种形式的现实主义。无论布莱德布雷的断言是否偏颇，不可否认的事实是，新现实主义形成了强大的生命力，在文学史上渐渐成为主流。解放军外国语学院李公昭教授说：“英国著名文学评论家利维斯在《伟大的传统》（1948）中指出英国小说传统发展的中心线索是社会和道德现实主义。美国评论家莱昂

1.Bradbury M. Writing Fiction in the 90s，in Kristiaan Versluys cd.，Neo - Realism in Contemporary American Fiction. Netherlands: Rodopi， 1992，p.14.

内尔·屈林在两年后发表的《自由想象》（1950）中论及美国小说发展时也表达了相同的观点，并在‘风俗、道德和小说’一文中明确指出，‘小说是对现实的永恒探索。’当我们站在世纪之交回顾20世纪美国小说的发展历程时，不禁为这两位评论家在半个世纪前对英美小说发展的定论感到叹服。”[1]

然而，经历了现代主义和后现代主义之后的新现实主义，已经不是19世纪或20世纪上半期传统的“合乎规范的现实主义”，它以现实主义为出发点，在客观反映生活的同时，吸收了现代主义的多元创作手法，将“传统”与“现代”、“现实”与“心灵”、“真实”与“荒诞”、“完整”与“碎片”充分结合起来，成为一个融合了多重因素的、涵盖面非常广阔的多元（plural）概念。由于作家创作手法和风格的迥异，又形成了包括欧茨的心理现实主义在内的各种分支，例如社会现实主义、自然现实主义、乡土现实主义、都市现实主义、魔幻现实主义、后现代现实主义等等，一时蔚为大观。

随着21世纪“多元与共融”主题的出现，新现实主义在学界得到了越来越多的关注，有的学者认为“新现实主义”就是对现代主义和后现代主义的终结，我认为，这种结论还为时过早。任何一种文学流派在其形成发展的不同时期都会面临不同的出路与选择，后现代主义文

1.李公昭：《20世纪美国现实主义小说的发展与复兴》，《四川外语学院学报》，2000年，第3期，第6—10页。

学也会在未来的历史时期产生新的发展和变异。正像马克思、恩格斯在《共产党宣言》中论述资产阶级时代所强调的那样：生产的不断变革，一切社会关系不停的动荡，永远的不安定和变动，这就是资产阶级时代不同于过去一切时代的地方。一切固定的古老的关系以及与之相适应的被尊崇的观念和见解都被消除了，一切新形成的关系等不到固定下来就陈旧了。一切固定的东西都烟消云散了……20世纪六七十年代，当后现代主义文学在西方崛起时，许多作家以激进的态度趋之若鹜，把现实主义创作方法与“过时”“落后”“僵死”等联系在一起，作家与评论家似乎只有和“现代”“后现代”联系在一起，才能成为不被淘汰的时代先锋。然而，时间是历史最好的裁判，不过是三四十年的历史进程，后现代也被抛在了时代的脚下成为明日黄花，而新的现实主义却再度崛起。波德莱尔对“现代性”的定义说得好：“现代性就是过渡、短暂、偶然，……这种过渡的、短暂的、其变化如此频繁的成分，你们没有权利蔑视和忽略。”[1]因此，在这个意义上，“新现实主义”也不是后现代主义的终结，它们都是历史进程中的一种“过渡”，虽然每一次过渡之后又达到了新的高度。

也是在这个意义上，欧茨相信：“我们渴望穿越有限和短暂，去参与到‘神秘的’、通常被称为‘文化’的事物中去，并且这种渴望和延续我们这个物种的渴望

1.波德莱尔著，郭宏安译：《现代生活的画家》，《波德莱尔美学论文选》，北京：人民文学出版社，1987年，第485页。

一样强烈。”[1]新的世纪文学要朝什么方向发展我们拭目以待，但对于欧茨来说，方向永远是向前。在几十年的创作生涯中，欧茨被问得最多的一个问题是：你为何如此多产？她这样解释自己非凡的创造力：“我一向过着十分传统、俭朴的生活，起居极有规律，毫无新奇可言，根本用不着特意安排时间。”[2]在回应“工作狂”的指责时，她说：“我并没有意识到我工作特别卖力，甚至没有意识到自己是在‘工作’。对我来说，写作和教书带给我丰富的回报，我没有把它们看作通常意义上的工作。”[3]欧茨将文学作为一种伴随她日常生活的工具借以探讨个人和社会问题，她的文学追求与她的生命追求是融合在一起的。因此，欧茨不仅超越了“传统”，更超越了自身。浮士德说：“如果我对某一瞬间说：停一停吧！你真美丽！……那时就让丧钟敲响……让时钟停止，指针垂降，……我一停滞，就变成奴隶。”[4]81岁的欧茨仍然以旺盛的创造力进行生命的书写，对她来说，也许只有永不停息地追寻，才是小说的灵魂之所在。

1.OATES J C. The faith of a writer：Life， craft. New York ：Ecco，2003. 原文是：I believe that we yearn to transcend the merely finite and ephemeral；to participate in somthing mysterious and communal called culture and that this yearning is as strong in our species as the yearning to reproduce the species.

2.欧茨著，顾韶阳译：《我带你去那儿》，北京：人民文学出版社，2005年，前言，第2页。

3.同上。

4.歌德著，钱春绮译：《浮士德》上卷，上海：上海译文出版社，1982年，第101页。

参考文献

一、英文部分

[1] AVANT J A. An Interview with Joyce Carol Oates[J]. Library Journal，1972，97（15）：3711-3712.

[2] BARZA S. Joyce Carol Oates：Naturalism and the Aberrant Response[J]. Studies in American Fiction，1979，7（2）：141-151.

[3] BASTIAN K. Joyce Carol Oates' s short stories between tradition and innovation[M]. New York：P. Lang，1983.

[4] BELLAMY J D. The dark lady of American letters：An interview with Joyce Carol Oates[J]. The Atlantic Monthly，1972，212：63-67.

[5] BLOOM H. Modern critical views：Joyce Carol Oates[M]. New York：Chelsea House Publishers，1987：65-69.

[6] BENDER E T. The artistic vision，theory and practice of Joyce Carol Oates[M]. New York：University Microfilms Int.，1977.

[7] CARREL L. Alice' s adventures in wonderland and through looking glass[M]. New York：Chelsea House，1987.

[8] WALTER C. Joyce Carol Oates：Love and violence in the head[J]. Newsweek，1972（11）：69-80.

[9] CREIGHTON J V. Joyce Carol Oates：Novels of the middle years[M]. New York：Twayne Publishers，1992.

[10] COLOGNE-BROOKES G. Dark eyes on America：The novels of Joyce Carol Oates[M]. Baton Rouge：LSU Press，2005.

[11] DALY B O. Lavish Self-Divisions：The novels of Joyce Carol Oates[M]. Jackson：UniversityPress of Mississippi，1996.

[12] DECURTIS A. The process of fictionalization in Joyce Carol Oates' s them[J]. International Fiction Review，1979（6）：121-128.

[13] WAGNER-MARTIN L，Gallop J. Around 1981：Academic feminist literary theory[J]. American Literature，1992，64（3）：628.

[14] GELFANT B H. The American city novel[M]. Oklahoma：University of Oklahoma Press，1954.

[15] GRANT M K. The tragic vision of Joyce Carol Oates[M]. Durham，NC：Duke University Press，1978.

[16] CHRISTOPH G. Gothic：Transmutations of horror in late twentieth-century art[M]. Boston：Institute of Contemporary Art：Cambridge，Mass：MIT Press，1997.

[17] HASSAN I H. Contemporary American literature，1945-1972：An introduction[M]. New York：Frederick Ungar Publishing Company，1973.

[18] GREG J. Understanding Joyce Carol Oates[M]. Columbia，SC.：University of South Carolina Press，1987.

[19] GREG J. Joyce Carol Oates：A study of the short fiction[M]. New York：Twayne，1994.

[20] GREG J. Invisible writer：A biography of Joyce Carol Oates[M]. New York：Penguin Putnam，1998.

[21] MARTIN A C. Toward a Higher Consciousness：A study of the novel of Joyce Carol Oates[M]. Ann Arbor：UMI Research，1976.

[22] MILAZZO L，ed. Conversations with Joyce Carol Oates[M]. Jackson：University Press of Mississippi，1989.

[23] MAYER S. Critical reception of the short fiction by Joyce Carol Oates and Gabriele Wohmann[M]. Columbia，SC：Camden House，1998.

[24] MORRIS D. Remarkable modernisms：Contemporary American authors on modern art[M]. Amherst：University of Massachusetts Press，2002.

[25] PINSKER S. Between two worlds：The American novel in the 1960’s[M]. Troy，NY：Whitston，1980.

[26] ROCCO C J. Flannery O'Connor and Joyce Carol Oates: violence as art[D]. Ann Arbor，Mich：University Microfilms International，1975.

[27] STEVENS C C. The imprisoned imagination：The family in the fiction of Joyce Carol Oates，1960-1970[D]. University of Illinois at Urbana-Champaign，1974：202-206.

[28] SEVERIN H. The image of the intellectual in the short stories of Joyce Carol Oates[M]. New York：P. Lang，1986.

[29] WALLER G F. Dreaming America：Obsession and transcendence in the fiction of Joyce Carol Oates[M]. Baton Rouge：LSU Press，1979.

[30] WESLEY M C. Refusal and transgression in Joyce Carol Oates' fiction[M]. Westport：Greenwood Press，1993.

二、中文部分

（一）欧茨作品

[1]欧茨. 爱的轮盘[M]. 国彬，等译. 北京：中国社会科学出版社，1989.

[2]欧茨. 我带你去那儿[M]. 顾韶阳，译. 北京：人民文学出版社，2005.

[3]欧茨. 大瀑布[M]. 郭英剑，译. 武汉：长江文艺出版社，2006.

[4]欧茨. 人间乐园[M]. 刘以鬯，译. 香港：今日世界出版社，1974.

[5]欧茨. 他们[M]. 李长兰，等译. 南京：译林出版社，1998.

[6]欧茨. 中年——浪漫之旅[M]. 李尧，译. 北京：人民文学出版社，2004.

[7]欧茨. 强暴：一个爱的故事[M]. 廖婉如，译. 台北：二鱼文化事业有限公司，2005.

[8]欧茨. 奇境[M]. 宋兆霖，等译. 北京：外国文学出版社，1980.

[9]欧茨. 感伤的教育[M]. 施寄青，译. 台北：皇冠出版社，1985.

[10]欧茨. 妈妈走了[M]. 石定乐，译. 武汉：长江文艺出版社，2006.

[11]欧茨. 狐火：一个少女帮的自白[M]. 闻礼华，金林鹏，译. 武汉：长江文艺出版社，2006.

[12]欧茨. 光明天使[M]. 谢德辉，译. 南昌：百花洲文艺出版社，1996.

[13]欧茨. 直言不讳：观点和评论[M]. 徐颖果，译. 武汉：长江文艺出版社，2006.

[14]欧茨. 玛丽亚娜和她的情人[M]. 庄彦，译. 长春：时代文艺出版社，1991.

[15]欧茨. 浮生如梦：玛丽莲•梦露文学写真[M]. 周小进，译. 北京：人民文学出版社，2003.

[16]欧茨. 鬼魂出没[M]. 左自鸣，译. 武汉：长江文艺出版社，2006.

（二）专著译著

[1]艾伦 • 布卢姆. 美国精神的封闭[M]. 战旭英，译. 南京：译林出版社，2007.

[2]阿格尼丝·赫勒. 现代性理论[M]. 李瑞华，译. 北京：商务印书馆，2004.

[3]柏拉图. 文艺对话集[M]. 朱光潜，译. 北京：人民文学出版社，2000.

[4]布斯. 小说修辞学[M].华明，等译. 北京：北京大学出版社，1989.

[5]鲍曼. 现代性与矛盾性[M]. 邵迎生，译. 北京：商务印书馆，2003.

[6]彼得•福克纳. 现代主义[M]. 付礼军，译. 北京：昆仑出版社，1989.

[7]布林顿. 西方近代思想史[M]. 王德昭，译. 上海：华东师范大学出版社，2005.

[8]布瓦洛. 诗的艺术[M]. 任典，译. 北京：人民文学出版社，1959.

[9]陈顺馨，戴锦华. 妇女、民族与女性主义[M]. 北京：中央编译出版社，2004.

[10]陈晓兰. 女性主义批评与文学诠释[M]. 兰州：敦煌文艺出版社，1999.

[11]丹尼尔·霍尔曼. 美国当代文学[M]. 北京：中国文艺联合出版公司，1984.

[12]达维德·方丹. 诗学：文学形式通论[M]. 陈静，译. 天津：天津人民出版社，2003.

[13]董小川. 美国文化概论[M]. 北京：人民出版社，2006.

[14]冯亦代. 美国文学书话[M]. 北京：中国社会科学

出版社，1998.

[15]樊星. 别了，20世纪[M]. 武汉：武汉大学出版社，2001.

[16]黑格尔. 美学[M]. 朱光潜，译. 北京：商务印书馆，1979.

[17]亨利·詹姆斯. 小说的艺术[M]. 朱雯，等译. 上海：上海译文出版社，2001.

[18]华莱士·马丁. 当代叙事学[M]. 伍晓明，译. 北京：北京大学出版社，2005.

[19]李公昭. 20世纪美国文学导论[M]. 西安：西安交通大学出版社，2000.

[20]刘洪一. 走向文化诗学：美国犹太小说研究[M]. 北京：北京大学出版社，2001.

[21]刘象愚，等. 从现代主义到后现代主义[M]. 北京：高等教育出版社，2002.

[22]罗钢，刘象愚. 文化研究读本[M]. 北京：中国社会科学出版社，2000.

[23]罗素. 西方哲学史[M]. 何兆武，等译. 北京：商务印书馆，2001.

[24]罗伯特·斯比勒. 美国文学的周期[M]. 王长荣，译. 上海：上海外语教育出版社，1996.

[25]拉曼·赛尔登. 文学批评理论——从柏拉图到现在[M]. 刘象愚，等译. 北京：北京大学出版社，2000.

[26]拉曼·赛尔登，等. 当代文学理论导读[M]. 刘象愚，译. 北京：北京大学出版社，2006.

[27]毛信德. 美国小说史纲[M]. 北京：北京出版社，1988.

[28]莫里斯·迪克斯坦. 伊甸园之门——六十年代美国文化[M]. 方小光，译. 上海：上海外语教育出版社，1985.

[29]钱满素. 美国当代小说家论[M]. 北京：中国社会科学出版社，1987.

[30]尼采. 我们缺什么——尼采的人生哲学[M]. 龙婧，译.西安：陕西师范大学出版社，2007.

[31]尼采. 悲剧的诞生[M].杨恒达，译. 上海：译林出版社，2007.

[32]陶家俊. 文化身份的嬗变[M]. 北京：中国社会科学出版社，2004.

[33]王宁. 二十世纪西方文学比较研究[M]. 北京：人民文学出版社，2000.

[34]西蒙娜·德·波伏娃. 第二性[M]. 陶铁柱，译. 北京：中国书籍出版社，2004.

[35]虞建华. 美国文学辞典•作家与作品[M]. 上海：复旦大学出版社，2005.

[36]杨仁敬. 20世纪美国文学史[M]. 青岛：青岛出版社，1999.

[37]尤西林. 人文精神与现代性[M]. 西安：陕西人民出版社，2006.

[38]约翰·杜威，等. 实用主义[M]. 杨玉成，译. 北京：世界知识出版社，2007.

[39]张京媛. 当代女性主义文学批评[M]. 北京：北京

大学出版社，1995.

[40]张岩冰. 女权主义文论[M]. 山东：山东教育出版社，1998.

[41]朱世达. 当代美国文化与社会[M]. 北京：中国社会科学出版社，2000.

[42]朱立元. 当代西方文艺理论[M]. 上海：华东师范大学出版社，2005.

[43]庄锡昌.二十世纪的美国文化[M].杭州：浙江人民出版社，1993.

[44]张沛. 隐喻的生命[M]. 北京：北京大学出版社，2004.

[45]张锦. 当代美国文学史纲[M].沈阳：辽宁教育出版社，1993.

（三）期刊论文

[1]冯彤，闻礼华. 乔伊斯·卡罗尔·欧茨创作简论[J]. 零陵学院学报，2002（2）：55-57.

[2]顾玲.评欧茨小说创作中的女性视角[J]. 河南师范大学学报（哲学社会科学版），2003（3）：82-83.

[3]黄丽双. 巧妙结构与深刻内容的完美融合——评析乔伊斯·卡罗尔·欧茨的《中年》[J]. 佳木斯大学社会科学学报，2006（6）：69-71.

[4]杰伊·帕里杰. 奥茨欣赏[J]. 外国文学动态，1985（4）：14-16.

[5]佳水. 作家必须摆脱“恶魔”和“自我”的纠缠——欧茨谈文学的自我批评[J].外国文学评论，1998

（1）：139.

[6]刘军. 欧茨作品在中国的译介[J]. 外国文学动态，2007（4）：45-47.

[7]刘飞兵，杨华. 欧茨小说中的女性主义意识[J]. 湖南师范大学社会科学学报，2007（4）：121-124.

[8]刘飞兵，杨华. 从悲剧的产生到生存的探询——论欧茨创作中的觉醒意识[J]. 求索，2007（7）：193-194.

[9]林斌. 超越"孤立艺术家的神话"——从《奇境》和《婚姻与不忠》浅析欧茨创作过渡期的艺术观[J]. 当代外国文学，2003（1）：147-155.

[10]林斌. 大屠杀叙事与犹太身份认同：欧茨书信体小说《表姐妹》的犹太寻根主题及叙事策略分析[J]. 外国文学，2007（5）：3-10.

[11]刘莉. 乔伊斯·卡罗尔·欧茨小说述评[J]. 渝西学院学报（社会科学版），2003（4）：68-71.

[12]蓝纯. 乔伊思·卡罗·欧茨其人[J]. 外国文学，1994（5）：39-41.

[13]孙海芳. 简析欧茨小说创作中的女性视野[J]. 洛阳大学学报，1998（3）：57-59.

[14]单雪梅. "隐身作家"乔伊斯·卡洛尔·欧茨：欧茨的一部新传记问世[J]. 外国文学动态，1999（4）：4-6.

[15]单雪梅. 乔伊斯·卡洛尔·欧茨小说世界中的女性群像[J]. 四川外语学院学报，2003（4）：63-67.

[16]桑福德·斯格. 乔伊斯·卡洛尔·欧茨访问记[J]. 章祖德，译. 当代外国文学，1985（3）：197-200.

[17]唐院. 奥茨《奇境》中的“双性同体”意识[J]. 妇女研究论丛，2005（3）：65-68.

[18]汪海如. 人生的探索，艰难的历程——读欧茨的小说《奇境》[J]. 解放军外国语学院学报，1996（6）：72-76.

[19]王阿芳，王新杰. 悲哀的夏娃——欧茨小说中的悲剧性女性探析[J]. 白城师范学院学报，2005（2）：70-71.

[20]燕萍. J. 欧茨的《冬至》对女性心理的新探索[J]. 外国文学评论，1987（4）：136-138.

[21]杨华. 暴力下的女性天空——论欧茨小说中女性意识表达的独特视角[J]. 湘潭大学学报，2005（4）：116-118.

[22]杨华. 论欧茨小说女性塑造的独特视角[J]. 求索，2005（5）：158-159.

[23]杨建玫. 欧茨早期悲剧性艺术观及其在作品中的体现[J]. 怀化学院学报，2006（6）：99-102.

[24]张德中. 一本发人深思的美国现代小说——评析欧茨的《奇境》[J]. 杭州大学学报（哲学社会科学版），1984（1）：82-90.

[25]张群. 美国人的心理——读欧茨新作《僵尸》[J]. 外国文学，1996（4）：93-94.

[26]曾凤英，王敏玲，窦秋萍. 寻找母亲的花园——浅析欧茨《查尔德伍德》中的女性主义意识[J]. 山东文学，2005（4）：67-69.

后 记

又是秋天，和以往相比没有什么不平常——还是天高地远，风轻云淡。回忆起我的母校北师大的校园，怀念这个季节校园里古老的银杏叶，还有道路两旁高大参天、足以蔽日的金黄色的梧桐，以及在这抹金黄中那些读书写字的时光。倏忽已届知天命之年，我在这个秋天重拾旧笔，继续欧茨研究，也让我决定出版以博士论文为基础的这本书，希望它是一个新起点也是科研路上的加油站。

写博士论文以来，我一直感到国内欧茨作品及相关研究材料的匮乏是一种遗憾。2014年9月，我作为汉语教师前往美国托列多大学孔子学院任教，为期2年。借此良机，搜集整理欧茨研究的第一手英文资料也成为这两年教学工作之外的一项重要任务。为了实现这个目标，我在网上查阅了大量信息，并将底特律作为工作的第一站。初夏季节，我驾车前往底特律大学，有幸在教学楼里遇到了一位亲切又帅气的教师 Mr. Stevens，他热情地打电话帮我询问前任老院长欧茨30年前在这里工作的情况，并亲自带我去图书馆，把我介绍给一位相关的图书管理员。没想到，在这个不大的图书馆里，我不仅第一次看到了欧茨女士20岁的照片，还查到了她在底特律大学教书期间的档案记录以及当年多家报刊关于她的新闻报道。按照工作人员的介绍和指引，我甚至找到了欧茨在底特律任教期间居住的公寓——这个曾经是作家初入文坛、创作过好几部长篇小说的地方，如今已经变成环境破败的黑人街区。

欧茨出生在离纽约不远的洛克波特。一个明媚的假日，我终于有机会来到这里去探寻这位女作家的成长足迹。这是一座只有两万多人口的小城，普普通通的一条街边，一对老夫妇坐在家门口，正悠闲地喝着咖啡。我前去问路，没想到，他们竟然说认识欧茨并指给我看欧茨曾经的家。那座房子就在不远处的一个街角，经典的红色砖墙，不大，安安静静地伫立在午后的斜阳里，似乎没人居住。我想象着当年还是一个小姑娘的欧茨，怎样从这座房子里走到“一间房教室”，开始一天的学习，又怎样偷偷地把故事书放在书包里，在上课间隙如饥似渴地阅读……

时间逃去如飞。在美期间的最后一个暑假，经过一千多英里的长途跋涉，我来到欧茨目前任教的普林斯顿大学。位于美国东海岸新泽西州的普林斯顿是一个小镇，小镇因为有普林斯顿大学而名声远扬，镇上的各种商店、饭店也因这所大学的缘故生意兴隆，包括我们就餐的一家经营几十年的中餐馆。欧茨的办公室位于校园里的“刘易斯艺术中心”（Lewis Center for the Arts），方方正正的建筑并不引人注目。正值暑假，只有教学秘书值班，我向她了解欧茨平时上课的大概情况，她做了基本介绍后推荐我去珍稀资料馆，说那里应该能查到一些有用的东西。美国大学的图书馆通常是工作流程明晰，管理严格有序。普林斯顿大学的这家珍稀资料馆由于馆藏资料的稀有珍贵，读者需戴上工作人员发的手套才能进入阅览室查阅。我在这里查到了其他图书馆都没有的关于欧茨的研究资料，包括她和朋友们的书信往来。但图书管理员告诉我，这些并不是全部资料。对有作家身份的人，资料馆无权将其信息全部公开（特别是还健在的作家），依据严格的保密原则部分馆藏不向读者开放。即便如此，我所见到的这些已经让我心生满足，普林斯顿大学之行也让我真正认识到欧茨作为作家和学者的双重身份。

在即将完成这部书稿之际，不由回望为欧茨研究所做的种种努力，因为追求的执着忽略了过程的艰辛。唯一遗憾的是，虽然多次和欧茨女士邮件往来，却始终没有机会见面。的确，人生总是充满缺憾，也许唯有这样，才会让我们产生去追求完美人生的强大动力。

高颖娜

2019年秋